"崇信尊崇诚信文化系列"编委会

顾　问：李世恩

主　任：王　锦　张拴会

委　员：王　蕾　张　荣

主　编：张　荣

编　辑：张志强　闫小杰　尚天福　麻　彬　赵富生
　　　　吴　勇　黄文博　梁云荣　王建宏　关彩云

实　施：崇信县新时代文明实践中心

华夏古槐王　富强　摄

古槐树下的孩子们　焦风芹　摄

赵湾古槐　郭富阔　摄

三异柏　吴勇　摄

三千年的约定,还你前世今生的一个宿愿　吴勇　摄

华夏古槐王见证了8对新人幸福的爱情　赵广田　摄

庙台古槐　吴勇　摄

姚洼古槐　吴勇　摄

古槐之韵

张荣 主编

崇信尊崇诚信文化系列 之三

敦煌文艺出版社

图书在版编目(CIP)数据

古槐之韵 / 张荣主编. -- 兰州：敦煌文艺出版社，2020.5（2021.8重印）
 ISBN 978-7-5468-1887-0

Ⅰ．①古⋯ Ⅱ．①张⋯ Ⅲ．①中国文学－当代文学－作品综合集 Ⅳ．①I217.1

中国版本图书馆CIP数据核字（2020）第 057829 号

古槐之韵
张 荣 主编

责任编辑：张家骝
封面设计：孟孜铭

敦煌文艺出版社出版、发行
地址：（730030）曹家巷1号新闻出版大厦
邮箱：dunhuangwenyi1958@163.com
0931-8152351（编辑部）
0931-8773112　0931-8120135（发行部）

三河市嵩川印刷有限公司印刷
开本　710毫米×1000毫米　1/16　印张10.75　插页4　字数166千
2020年7月第1版　2021年8月第2次印刷
印数　1 501~3 000

ISBN 978-7-5468-1887-0
定价：38.00元

如发现印装质量问题，影响阅读，请与印刷厂联系调换。
本书所有内容经作者同意授权，并许可使用。
未经同意，不得以任何形式复制转载。

崇信之信（总序）

马步升

　　地名和人名一样，名字起得好了，写成字，眼睛看着舒服；嘴里叫出来，口舌生香，耳朵豁亮。"崇信"就是这样一个地名。当然，古人给一个地方命名，并不是随意的，一个地名往往可以跨越时代，超越各种纷争，一个地方的生活可以变，而名字千年仍旧，谁用上都觉得是绝妙好辞。

　　崇信正式得名于唐朝，取义为尊崇诚信。唐朝和我们现在的时代，可以说是天差地别，但不变的照样不变，也不能变，比如诚信观念。至于"诚信"的语义范围到底是窄是宽，向来有不同说法。其实，对于这个词汇，大可来一个"望文生义"：诚信，诚实守信；崇信，崇尚诚信。这是中国传统文化的核心概念，从先秦道统法统到当下的社会理念与实践，诚信从来都是不可或缺的关键词，而对诚信的崇信，从来都是一面迎风招展的旗帜。这样一个括古融今的优质词汇，自崇信诞生之日，便独擅其名。无疑，这是崇信的幸运。而所有的幸运也从来都需要责任和担当，去守护，去延续，去发扬光大。

　　崇信的得名看起来只有一千多年，但获得这个命名却并非突如其来。有据可证的是，早在先周时代，周人祖先便在如今崇信一带繁衍生息，他们焚茅断草，披荆斩棘，开垦土地；他们陶复陶穴，聚族而居；他们顺天应人，待时而动。他们在崇信的大地上，点燃了文明初肇的火炬，他们为后世的崇信人，积攒了存活于天地间的基本经验。在自然的力量大于人类的力量时，人类要想在一个地方生存发展，必须祈请天地的赐福，而这种福报却不是无条件的。风调雨顺是天地对生灵之信，生灵要获得天地之信，必须以自身之信作为前提，作为保障。天地有时令，时令便是天地给生灵吹响的作息号角，生灵不守天地之时令，必然会付出应有的代价。

因此，崇信的得名，大可用得上一句古语：良有以也。

当然，这只是猜测。任何猜测，只要符合情理，便至少拥有逻辑价值。

我们不必去典籍中寻找论据，看看当下的崇信人是怎么做的，就可以了。为什么呢？当下人的一言一行，从来都不会是无源之水无本之木，追本溯源，其本扎根足够深，其源足够悠远。也就是我们常说的文化传统公序良俗吧。当下的崇信是一个带有浓厚传统色彩的县域，而又有着时代风尚的深刻浸淫，传统与现代的嫁接和融汇，共同塑造出一个当代崇信。传统之处，根红苗正，一言一行一事一物，其源可以直追上古，而其现代景观，又与大时代同频共振。

不妨看看手头的这套有关崇信的文集，这里有崇信人的过去，也有崇信人的现在，还有崇信人对未来的设想。细而分之，有当下崇信主政者对崇信这片天地赋予的理想理念，有崇信广大群众的日常生活，有从崇信走出去的崇信子弟对家乡的怀望之情，有崇信文化人的怀古幽情和现实感受，也有偶尔涉足崇信者的现场观感，而所有文字汇聚起来的主题词却是响亮无疑的，这就是：以诚信塑造崇信，以崇信强化优化源远流长的诚信品质。真可谓，一册在手，崇信全有。

是为序。

庚子二月二十二日于兰州之夜

目 录
Contents

散文篇

平凉之地　蒋子龙 / 003

树大山河远　刘醒龙 / 011

国之槐　马步升 / 016

人间一株大槐树　鲁敏 / 021

长成一棵大槐树　刘亮程 / 025

平凉看树　乔叶 / 029

神奇的华夏古槐王　张荣 / 033

平凉五帖之古槐王　漠月 / 037

大地戳记　马宇龙 / 040

隐藏在大山深处的华夏古槐王　闫小杰 / 044

槐花飘香　吴勇 / 047

看树记　李新立 / 052

华夏古槐王　丁永斌 / 056

崇信古槐王拜谒笔记　樊晓敏 / 060

古木凡心　尚元 / 064

树王　刘杰 / 069

我是一棵树　梁云荣 / 072

槐在崇信　杜旭元 / 082

华夏古槐王记　张改过 / **085**

你是一个奇迹
　　　——唱给千年古槐　于忠明 / **087**

神奇的大槐树　李玉屏 / **089**

又进关河　田效益 / **093**

华夏古槐王的启示　于金玉 / **096**

走近大槐树　关静梅 / **099**

诗歌篇

平凉组曲之崇信大槐树　叶舟 / **105**

芮鞫大地，听槐花盛开的声音
　　　——古槐诗歌二十首　闫小杰 / **107**

一株古槐　李满强 / **128**

大槐树　丁永斌 / **130**

古树风雅，反刍史册里的悠然与蓬勃　陆承 / **132**

去看大槐树　何小龙 / **134**

古槐　贾建成 / **136**

华夏古槐王的风范　冯琳 / **138**

崇信大槐树　车俊 / **140**

古槐之恋　张改过 / **143**

古槐遗风　王建宏 / **147**

木有鬼　李萌 / **149**

音舞情景剧

古槐之恋　闫小杰 / **155**

后记 / **165**

散文篇

平凉之地

蒋子龙

要地

你一定知道伏羲、王母娘娘……那就应该也知道他们的故里——平凉。

"平凉"古意为"平定凉州"。古时的凉州,从来就是经略西北的军事要地,而它所处的河西走廊则是古丝路的咽喉。如果说河西走廊是一把长剑,那么平凉就是剑柄,是蓄力、发力的地方。自古以来谁掌握了这剑柄,谁就能控制中原,因为平凉正好位于陕甘宁交汇的几何图形中心,横跨关山,襟带泾水,外阻河朔,内当陇口,屏障三秦,拥卫畿辅。

春秋时期,齐桓公就据此西伐大夏;而秦穆公则伐西戎、开地千里。清同治五年(1866),清王朝为解决西北乱局,派左宗棠以钦差大臣的身份兼任陕甘总督,并督办西北军务。左宗棠先到泾州,随后由泾州进驻平凉,接受陕甘总督印,并认为在这里"完全能够控制局面,策应各方"。两年以后,陕甘的局面由乱到治,左宗棠又受命从平凉出发收复新疆,立下不世之功。

平凉还曾是中国工农红军长征两次途经的地区之一。1936年,静宁的界石铺成为"红军会师的中心基点",毛泽东、周恩来等老一辈革命家在这里留宿并播撒下了革命的火种。

古地

谁还没见过苹果？但，只有到平凉才能真正认识这种原生于异域的古老神果。

苹果古称"柰"，在人类还没有诞生之前就先有了它。有人说亚当、夏娃窃食的禁果可能是苹果，于是它被当成"情爱之果"。苹果又是"科学之果"，从树上坠落后偏偏砸到了牛顿，于是成就了伟大的科学佳话。

平凉盛产上乘的苹果，仅静宁县就有百万亩苹果园，满山遍野，枝头累累。许多年来人们似乎都认为平凉的苹果之所以好，是因为此地属暖温带半湿润半干旱气候，四季分明，气候温和，光照充足，昼夜温差显著，是苹果的"最佳宜生之地"。我却以为这只是表面的自然条件，或许还有更重要的历史因由：平凉古老而神秘的地理风貌及文明进化的历程，与苹果奇异的生命渊源正相契合。

平凉是目前考古所能证实的最早有人类繁衍生息的地方之一，从平凉境内采集到的石器、人类头骨化石及相伴的牛、马、羊等动物化石证明，60万年前这里就出现了人类活动的痕迹。平凉泾川县的大岭上有个牛角沟，出土了30万年前旧石器早期先民生活的遗址，其中有5万年前的人类头盖骨化石，属于人类进化史上旧石器时代晚期智人。中国科学院古脊椎动物与古人类研究所将其命名为"泾川人"，比北京"山顶洞人"还早1万至2万年。

当时地球上人迹稀少，"泾川人"的活动为中国这片大地增添了热度和生气，为造物的荣耀，喧腾着有力的声响。可想而知，平凉与苹果，不过是古老遇见古老，古老吸引古老。

除去苹果，平凉还有相当数量的古树，仅以崇信县为例，生长在龙泉寺"芮谷深处"绝崖上的"古柏龙蟠"，形如虬龙破壁腾空；黄花塬村的古娑椤树，树龄有1400多年；关村的三异柏，同时长有刺柏、棉柏、侧柏的三种叶子，传说此树与"桃园结义"的故事有关……

众多古树中尤以两株古槐最为珍奇。一株生长在关河村，巍巍然一树擎天，气象非凡。远处群山环卫，近前有五龙山、唐帽山护持于左右，山前有溪流穿过，名为"樱桃沟"，古槐负阴抱阳，如一尊大神肃立于中。三千多年来吟风啸雨，铁皮棱锃，全无破损，通身上下竟没有一个枯枝，体现了极其强盛的生命力。大树主干的上部，分出八大主枝，又称"八卦槐"。此树占地2.1亩，树冠直径30多米，枝叶遮天蔽日，瑰玮异常。1992年，经国家林业部的专家测定，它的树龄已有3200余年，是国内现有的槐树之最，被奉为"华夏古槐王"。

古槐王的树干、树枝上还寄生着杨树、花椒、五倍子、玉米、小麦等9种植物，都还长得很不错，也是一大奇观。过去这里是深山老林，人迹罕至，如今每年从全国各地来朝拜的人不计其数。大树下始终摆着各色供品，在古槐四周的栅栏上还挂满了大红绸缎，洋溢着吉祥喜庆的气氛。

距离古槐王一公里左右，另有一株3000多年的老槐树，它的前面是唐代名将徐茂公的墓，后面是个庙。过去老槐的树干上有个大洞，村人常在里边打扑克、玩耍，久而久之老槐的一多半倒掉，但它却依然高高挺立，枝叶翠绿，生机老道，堪称"活的文物"，仍旧顽强地述说这块古老土地上的传奇……

圣地

关山（又称陇山、六盘山），被称为"西出长安的第一道天然屏障"。在距离平凉市庄浪县东北33公里处的山巅林海之中，兀自出现一片山顶湖泊，海拔2860米，湖面约50亩，状若卧蚕。湖水清湛，其深莫测，无论旱涝，水位不变，四周青黛环拱，草木葱郁。这就是声名赫赫的"雷泽"，今称"朝那湫"，传说为人文始祖伏羲的孕育之地，历来被视为朝觐、探寻华夏文明之源的圣地。

《帝王世纪》载："太昊帝庖牺氏，风姓也，燧人之世有巨人迹出于雷泽，华胥以足履之，有娠，生伏羲于成纪。"这是个美妙的故事：美丽健硕的姑娘华胥，在绿草茵茵的雷泽湖畔发现了一对清晰而巨大的脚印，她好奇地将自己的脚踩到这个大脚印上，忽然一阵新奇温暖的感觉从脚心涌向全身，如沐春风，如醉如痴，腹部隐隐发热，后来，她在成纪生下了伏羲。

《辞源》称："成纪，地名。传说伏羲生于此。"于是，成纪城便成为"人类开元第一城"。伏羲成人后，仰观天象，俯察地理，近取诸身，远取诸物，作八卦以通神明之德，类万物之情，定天地之位，分阴阳之数，教导先民结绳网、做杵臼、制嫁娶、定姓氏、成人伦……

伏羲所创造的"成纪文明"，成为华夏文明肇始的原点，记录了中华民族创始的童年。

至今在平凉的静宁、庄浪两县之间，还保留着古成纪的城垣，依然可以看得出当初的恢宏和雄峻。它标志着中国的"道文化"始于伏羲画卦，而升华于黄帝问道。道，是中国哲学的思想内核，也是中华文化的根脉，无论是历史逻辑演绎的必然，还是文明进程中的巧合，伏羲画卦和黄帝问道，竟都发生在平凉这片古老而神奇的土地上。

平凉城西15公里，便是"道源圣地"崆峒山。崆峒山其实也是关山的支脉，亦称"笄头山"。秀岭奇峰，峻极于天，林木葱茂，岚气朦胧，远眺神思缥缈，走近则爽气侵骨。《尔雅》云"北戴斗极为空桐"，平凉崆峒山正位于北斗星座的下方。

黄帝为求治国安邦之道，"西至于空桐，登鸡头。"（《史记·五帝本纪》）即沿着北斗星柄指引的方向，长途跋涉登崆峒。《庄子·外篇·在宥》中记述更为翔实："黄帝立为天子十九年，令行天下，闻广成子在于空同之山，故往见之。"

黄帝从广成子获受自然之经，求得大道之理，并以此道治理天下，开创了长期的圣治，中华文明再次达到高峰，道家治世思想也由此走向辉煌。

圣地之神奇还不只这些，距崆峒山不远，遥相对应的是西王母宫的所在地"大旷原"，即平凉泾川一带。西王母又称"瑶池圣母""王母娘娘"，是中国传统信仰中最神圣、最古老的女神之一。据传后羿就是在大旷原获得了西王母赠送的"不老仙丹"。黄帝问道之后，周穆王也西来登崆峒，拜王母。据说西王母在关山另一条支脉回山，接见了周穆王，并馈赠给他八车玉石。

由此，平凉便成为千古圣地，历代的名流墨客，争相西来，一登崆峒，想从"大道"这个中国本源文化的母体汲取营养。同时，这些先圣、先贤也为中华文化宝库留下了诸多经典：

伏羲八卦揭示宇宙和生命的本质。

广成子的《自然经》和黄帝的《阴符经》是对"道"的阐发；《黄帝内经》解读生命真相；《黄帝四经》论述治世方略。

针灸医学的鼻祖皇甫谧的《针灸甲乙经》，使平凉成了"针灸的发源地"之一。

葛洪在平凉庄浪的葛家洞修炼，并著《肘后备急方》。诺贝尔医学奖获得者屠呦呦，就是从《肘后方》"青蒿一握，以水二升渍，绞取汁，尽服之"的内容中得到启发，提炼出治疗疟疾的青蒿素。

行笔至此，不禁心生感佩，作为中国道教发源地的崆峒山，以及整个深深植根于华夏文明的平凉，究竟蕴藏着多少中华文化最古老的"基因密码"？

福地

1964年12月的一天，平凉泾川县几位在田间劳作的农民，不经意间用铁锹撬出了一个地宫，随即发现了国宝级文物石函、鎏金铜匣、银椁、金棺，以及琉璃瓶内珍藏的14粒佛祖舍利。这五重套函是国内考古的首次发现，佛祖舍利竟有14粒之多，至今还居全国首位。

——公元601年，隋文帝杨坚下诏，将14粒释迦牟尼舍利由高僧送往泾川，在与回山西王母宫遥遥相望的大兴国寺修建了舍利塔和地宫。后武则天称帝，在大兴国寺的原址上建造了泾川大云寺，并将佛祖舍利用琉璃瓶盛装后，依次放入鎏金铜匣、银椁、金棺之中。

1969年冬天，还是几位农民，在距离大云寺遗址200米远的地方耕作时发现了北周宝宁寺遗址，于是出土了石函、铜椁、铜棺、舍利瓶、舍利、金银钗、玉指环、医用铜刀等珍贵文物。

2012年12月31日，泾川城关镇的农民在平整道路时，又发现一处佛像窖藏，随之出土数十尊北朝、北魏、隋、唐佛像，并在窖藏东西两侧各发现一个地宫，内有陶棺，藏有佛舍利2000余粒并佛牙、佛骨等。

——平凉的农民成了伟大的考古发现者，这也说明平凉遍地是宝，凡"面朝黄土背朝天"劳动者，一不小心就会挖出一件国宝。

东晋太元八年（383），"后凉太祖吕光取西域高僧鸠摩罗什来到凉州，鸠摩罗什在凉州待了十七年，学习汉文，译经讲经……"为佛造像也是从那时候开始，中国第一代塑造雕刻佛像的匠人也应该出自凉州，他们最先开凿了凉州石窟，然后是大同云冈石窟、洛阳龙门石窟……

从北魏后期开始，能工巧匠们又来到平凉距庄浪县城不足30公里的大峡谷地带，建造云崖寺。所谓"云崖"，因"一峰突起，丹崖翠壁，洞中生云，洞外盘云"而得名。寺，坐北朝南，丹霞凌空，窟列五层，层层相叠。佛像千姿百态，形意绝佳，是古人高超审美和精湛工艺的完美结合。寺外青山碧水，千峰争秀，石窟艺术与天然美景融为一体……所以云崖寺向来被视为"中国晚期石窟的集大成者"。

于是有人说，今人再也凿不出云崖石窟、再也雕不出那么多神态各异又妙相庄严的佛像了。

未必,庄浪的百万亩梯田,就是现在的另一个"云崖寺"。连续七届的庄浪县领导班子,连续30多年同心同德,率领40万庄浪人,"先在山顶植沙棘戴帽,再以梯田为山缠腰,给埂坝种牧草锁边,为沟底穿靴以蓄水"……以兴修"水平梯田"为中心,兼顾山、水、田、林、路等,给以综合治理,从而改善生态环境,改良土质地貌……

这一点都不比建造云崖寺容易,县里的领导换了一拨又一拨,有累伤的,有累倒又站起来的,却没有一个掉队的。用了34年的时间,"庄浪"这个羌语里的野牛沟,变成了"风烟绿水青山国",或色彩斑斓一重重,重重旋升;或绿野翠埂一层层,层层攀高。田畴漠漠,泛水绵绵,庄浪人征服了洪涝之害,不再惧怕山洪摧毁田地。

庄浪梯田成了世界奇观,它的视频、图片,频频出现在电视上、电脑里、手机里,成了一种自然之美的象征。它的本质还是"庄稼地",却吸引了众多的参观者,其中不乏来自国内外的农业专家,特别是来自干旱地区的土壤学家,他们认为庄浪梯田"为世界干旱地区解决生存与发展的难题提供了一种很好的模式"。

如果云崖石窟是"洞天",百万亩梯田就是"福地",如同一铁锹能刨出一件国宝的福地一样。云崖寺供奉的是各方神灵,百万亩梯田呈现的是庄浪人坚韧的创造力。

在平凉,神仙洞府很多,与每一个神仙洞府相对应的是人间福地:一百万亩紫花苜蓿基地,一百万亩饲用玉米基地,一百万头全国驰名的"平凉红牛"的养殖基地,再加上前面讲到的一百万亩苹果园以及一百万亩梯田……有着这么多的"一百万",你想一想会有多么美好!

崇信是陇东的粮仓,而平凉则是全省农业的"龙头",土地宽广,土质肥沃,自然资源丰富……"洞天福地",可谓一应俱全——这就是平凉。

蒋子龙，1941年8月生，河北沧县人，1958年8月参加工作，1972年3月入党，中专学历，编审。曾任中国作家协会第五至第七届副主席，天津作家协会主席，天津文联副主席，现任天津市作家协会名誉主席。2018年12月18日，党中央、国务院授予蒋子龙同志改革先锋称号，颁授改革先锋奖章。

树大山河远

刘醒龙

仅就生命力来说，这个世界上，最顽强的不是两条腿的人类，也不是四条腿的动物，更不是长着成百上千条的腿和索性一条腿也没有的爬行类长虫，甚至都不是长着轻盈翅膀满天翱翔的飞鸟，而是狂风暴雨、山呼海啸也卷不走的那棵树。

如果不是身临其境，我很难相信，那棵树竟然在风雨飘摇的世界已站立3200多年了！

3000年前，由西周都城丰镐西出200公里，抵达那时叫"西戎"的平凉；2000年前，由大汉皇城长安西出200公里去往那时刚刚不再叫"义渠"的平凉；1000年前，由五代名城大安西出200公里来到名为"大原"实则野树萧条的平凉；在今天，由西安西出，还是200公里，追随雾中寒雁，到平凉那号称陇首地界的一处山坳，卢照邻诗里的"马系千年树"依然在那里！

一棵树生长得久了，便有些哲学意味。信或不信，人是树的命运，树也是人的命运。去平凉的路上，每隔一阵，就会有人提起那棵树，其间有见过那棵树的，更多是没有见过的。无论见没见过，只要提起那树，从没有一连说出三句整话的人。与此行同样要去的公刘故里、崆峒山、大云寺和"泾川人"遗址相比，人们提及那棵树的次数最多，所说的话却最少。也是，一棵树再古老，又有多少可说的呢？纵然世界上没有两片完全相同的叶子，也没有两道完全相同的年轮，总不能将看得见的每一片叶，看不见的每一道年轮全都唠唠叨叨地说上一遍吧？

　　为了弥补语言的贫乏，我联想到别的树。20世纪90年代，我第一次去西藏，在海拔5300米的查果拉哨所，放眼望去，不要说一棵树，就连紧贴地面的花草也难得一见。在绿色苔藓也朝不保夕的地方，那种在两指宽的石头缝里开着蓝色花的骆驼刺，是整个哨所唯一与森林相似的风景。哨所里的一位士兵，因为生病从山上下来，到了日喀则，一下车就像抱着亲人一样，抱着医院院子里的一棵白杨放声大哭。治好了病，士兵又重新回到那座永远也不可能长出树来的哨所，将自己站成迎着冰霜雪雹的最坚强的白杨。

　　平凉所处的黄土高原与青藏高原是近邻，那位在查果拉哨所值守的士兵是否知道"邻居家"有如此大的一棵树并非关键，重要的是人在哪里，就有沃土在哪里。

　　没有叶子，也没有年轮，只有在大地上无限深扎的根须。这样的树，冰雪冻断弓弦，也冻不断一根枝条，台风吹折旗杆，也吹不掉一片叶子。由平凉漫卷开来的黄土高原，由查果拉舒展出去的青藏高原，有太多长不出树木的山野沟壑和坡滩。那种被烈日暴晒、被海水浸泡的岛礁，同样是一切绿色植物的天敌。在没有见到平凉那棵树之前，人心就是那棵树。而在没有树的地方，人就是树，树即是人。

　　那一年，我先后登上南海中大大小小十几个岛，其中的赵述岛，从前礁盘暗隐，偶有露出水面的地方也盐霜如雪，寸草不生。在我上岛之际，那里已是郁郁葱葱，最大的树有碗口粗细。等到自己拿起铁锹，捧起树苗，将一株椰子树小心翼翼地栽下去，才体会到小苗长成大树的意义。那些培在幼小树苗上的熟土，每一粒都是由海轮从千里之外的大陆远载而来，珍贵到哪怕被海风吹起些许灰尘，也会像丢失黄金那样令人惋惜心疼。那些浇在干枯树根上的清甜碧水，每一滴都来自千里之外的江河。那经由大海一船航行而来的淡水，哪怕同样由自来水龙头里喷涌而出，也珍稀得使人不敢捧上一捧冲洗满脸汗渍。对于树，这些水与土，既是乳养，也是血脉。对于远方的大陆，这些生长在天涯海角的小树和大树，既是城堡，也是要塞。种在岛礁上的小小椰子树自然成了我的牵挂，春花开时会想，秋叶红时会想。在一切牵挂面前，种下才3小时的树，与历经3200多年时光、古老得已经不好意思再提"栽种"二字的树，其意义了无区别。

毫无疑问，天下之树都生长在原野的空白处。平凉这地名，命中注定为那棵3200多岁的大树腾出了偌大空间。壮游不可无诗，登山总得见树。平凉那棵树，寿命仅次于轩辕庙内相传为轩辕黄帝亲手所植的轩辕柏和浮来山定林寺内那棵银杏树，但和它们不同的是，3200多岁的平凉国槐能与周遭的山林结结实实地合为一幅原野宏图。

还有一种树，专门生长在记忆的空旷处，一不小心，就雷鸣电闪、狂风暴雨般冒出来。20世纪70年代初，高中刚毕业，我就成了岩河岭水库工地上唯一的施工员兼技术员。那时候的乡村，农业上的事全靠人力，库容才十几万立方米的小型水库工地，拥进来1万多青壮年农民，吃的喝的不说，仅仅将各种食物煮成熟食所耗费的柴火就很难解决。在"吃"这一件头等大事面前，任谁都只能睁只眼闭只眼，看着众多刀斧将附近的树木砍伐精光。水库建成之日，也即四周山野寸草不生之时。40年后，寻访故地，双脚踏上水库大坝之际，一阵震撼突如其来！一方面，当初大家认为，水库四周植被100年也恢复不了，但这才40年就重新长出比当年更茂密的森林；另一方面是，坝顶东边的小山上，长着两棵比其他树粗壮许多的硕大松树。望见两棵大松的那一瞬，我眼睛忽然迷蒙了，但我很快就回想起来，这两棵松树正是当年那些早已做了薪柴的森林中的幸存者。之所以没有变成灶膛里的火焰，与它们当年尚且弱小无关，而是因为人们当时在这两棵树上挂着两只硕大的高音喇叭。当时，一只喇叭向着山上，一只朝向山下，从早到晚，用最大音量发出指令，引领工程建设。

几百年，在树的世界里，也就是花开花落、叶红叶碧那样的小小时光；几千年，可以让"泾河清，渭水浊"辗转腾挪逆袭成"泾河浊，渭水清"。几百年，几千年，可以让一大片森林毁灭成一棵树，也可以让一棵树长成一大片森林。曾经行走在无比瑰丽的塞罕坝林海中，何止是一棵树，随时随地见到的一根草、一朵花，甚至一滴露，都能现身说法做证明。不必要去较劲有没有轮回，也不必看重所谓的重生，时光确实会在某个时间段里赋予某个事物以特别的境遇。这塞罕坝，几百年前，本来就是一眼望不到边的林海。同样也是几百年前，旧王朝无休无止的砍伐，将昔日林海变成了北方沙尘暴的主要源头。沙暴再狂野，真理之树也不改其常绿。60年前，苦苦追寻绿色真理的塞罕坝人，在枯黄沙漠中发现了一棵活了几百年的落叶松。朴实的塞罕坝人，捡拾起被一些人弃之不用的常识，在能够生长落叶松的地方，种下第二棵、第三棵、第四棵……直到让那片人称死亡之海的北方沙漠，变为水草丰美、林木茂密的旅游胜地。这由天下最孤独的一棵松树生长而成的奇迹，若不是怀有真理，怎能在沙漠中独自站立几百年？平凉城外的那棵树，一站就是3200多年，反而越来越不像真理，更像是一个游走在乡野之中的说唱艺人。这样的艺人，在喜马拉雅山唱《格萨尔》，在阿尔泰山唱《江格尔》，在神农架唱的是《黑暗传》。

在平凉城东锦屏镇的一处山坳，一切都是那样平凡，除了那棵树，万物都不曾有丁点儿异样，下了车，走上百十步，首先看到的树梢，正在生长着嫩芽。走近了些，又能见到大大小小繁复如蛛网的树枝，正由深褐色，逐渐过渡到浅浅淡淡的灰黛。走得更近时，那粗壮的主干像是一堵老旧的城墙，找不着那扇门就无法入得其内，只好低头环顾，看看如何绕过去。绕着那棵树走了一圈，又走一圈，然后再走一圈。一圈圈走下来，再看那棵树，这才有些明白，为何偏偏这叫国槐的大树，能够一口气生长3200年，至今还是如此生机勃勃。三山五岳之上，五湖四海之内，除了国槐，再无冠名以"国"来称其他树种的，即便是无数文人笔下的常客——松柳、梅，也难担当如此桂冠。

黄山的怪石云海与十大名松很般配；华山的奇峰幽谷正好用侵天松桧来点睛；九华山中的凤凰松，恰似九华山般仙风道骨；荆州城内的章台古梅，不是楚国遗物，如何符合楚灵王的传说？

山是一种生命，水是一种生命。山水的生命是生机盎然的万物赐予的，包括人，包括兽，包括花卉和蒿草、苔藓与地衣。平凉地界上的这棵名为国槐的大树，用苍穹之根吸收过《三坟》《五典》的智慧，用坚硬身躯容纳下《八索》《九丘》的文脉，用婀娜枝叶感受了《诗经》《乐府》的深邃与高翔。接下来，这3200多年后的今天，每一个来过又离开的人，都让这叫国槐的大树走得更远。还有长空中的风云，还有天际里的鸿雁，甚至还有当今世界无所不能的互联网，都使这树朝向更悠远的未来。而最能与大树一同到达远方的，有岩河岭水库坝顶那两棵于偶然中体现必然的小树，有塞罕坝荒原上孤单活到能使独木成林的老树，有南海深处岛礁上仰赖千里之外的淡水与熟土才能存活的新树，更有查果拉哨所旁那没有树的"树"！

刘醒龙，生于古城黄州。湖北省文联主席，并任中国作家协会全委会委员，中国作家协会小说委员会副主任。代表作有中篇小说《凤凰琴》《秋风醉了》《分享艰难》等。著有长篇小说《威风凛凛》《一棵树的爱情史》《黄冈秘卷》、长篇散文《一滴水有多深》《上上长江》、长诗《用胸膛行走的高原》及各类小说集、文集和散文集八十余种。

国之槐

马步升

华夏大地树木种类多不胜数，而在树名前冠以"国"姓者，则少之又少，获此无上荣耀者，国槐是其一。国槐原为华夏独有，此后引植域外，渐成普及树种，一如中华文化，根源于神州大地，而润泽于五洲万方。大约是，国槐在中华文化传统中的特殊地位，因之，这种并不名贵的树种，成为某种华夏精神的象征物。论其数量，广布天下；论其树龄，号称古槐者，遍及东西南北中。在众多古槐中，以甘肃崇信境内之"古槐王"为最，树龄高达3200年。

上溯3200年，时间的触角便直抵商代晚期，那么，"古槐王"若是一部史书，承载的可是大半部中华文明史。崇信县境为什么有这么多古槐存活？这是因为槐是崇信的精神图腾。

崇信人对古槐的热爱和膜拜，更多的来自文化传统，这种文化传统又形成日常习俗，产生了善意的结果。比如，被命名为"古槐王"的那棵树龄高达3200年的古槐，能够存活到今天，与其说是自然奇迹，毋宁说是人文奇迹。古槐王仍然与村民生活在一起，巍然耸立于村落的旁边，真可谓冠盖如云，周围是农田，天热，村民在树下乘凉，一年四季，孩童在树下玩闹，家禽家畜在树下嬉戏，各种鸟儿在枝叶间穿梭，四个喜鹊家族将自己的窝分别搭建在四根树杈上。人说"大树底下不长草"，可在"古槐王"下，却是

"大树底下好乘凉",从树根开始,各种植物混杂着生长,半人高低的,淹没脚腕的,隐花植物,显花植物,挤挤挨挨,密密实实,走在上面,如同踏在海绵上。而树上,更是生命界的奇观,杨树、花椒、五倍子、小麦、玉米等九种植物寄生在古槐的树杈上,都显得生机勃勃。

这是以"古槐王"为中心,缔结起来的一个完整的互相依存的生态系统,如果这棵古槐真的担当得起"王"的名头,那么,围拢在它周边,树下的,树上的,植物,动物,也许还有人,都是一个不可拆分的共同体。包括"古槐王"本身。正是秋末,我慕名来访。眼睛看得见的所有景观,专业人士早已以精确的数字昭告四方了——树龄3200年,树高26米,主干基径3米,最大胸围13米,树冠东西约34米,南北约38米,占地2.1亩。可是,当我凑近树干仔细观察时,我宁愿相信,"古槐王"是由至少三棵槐树组成的。有可能的是,最初,三棵槐树幼苗呈丛生状,一棵与一棵有着一定的距离,渐渐长大后,互相间的距离被缩短,继续缩短,直到合为一体,乃至互相嵌入,变成一棵树。然而,互相间还是有缝隙的,我是从树干上的不同颜色发现这一秘密的。树干开叉处,堆积着厚厚的腐殖质,雨水渗漏下来,完整的树干是干燥的,树皮纠结,篮球大小的几颗树瘤狰狞犷悍,像这样坚韧的树皮,雨水不可能侵入到树干的肌体中去。然而却有三道水流的印痕深刻地嵌入树干的凹陷处,并且,贯穿到树根。细看,那是树干与树干的结合部。我为我的发现而兴奋。三人成众,三木成林,抱团取暖,在互相竞争中成长,在互相竞争中成己成人,也许,这才是"古槐王"获得长寿的真正秘密。

槐树在华夏文明传统中向来有着独特的地位,在遥远的周代,伟岸尊贵的王宫前便种着三棵槐树,大臣上朝时,地位最为尊崇的三公便分别站在三棵槐树下,等待天子的召见。这三公便是太师,太傅,太保。而这三种官职名号一直延续到后来,虽然其各自的职掌权力在各朝代有所不同,但其名号本身从来都是位极人臣的象征。也因此，后世以三槐比喻三公，并由此延伸出许多特殊的称谓。槐鼎，三公或三公之位；槐位，三公之位；槐卿，三公九卿的代称；槐宸，帝王的宫殿；槐望，声誉卓著的公卿；槐绶，三公的印绶；槐岳，朝廷高官；槐蝉，高官显贵；槐府，三公的官署府邸；槐第，三公的宅第，如此等等，以槐树为中心，形成了一套独特的带有强烈排他性的称谓系统和话语系统。

槐树毕竟是生长于华夏大地上的一个普通树种，其指涉的意义，非帝王将相所能完全垄断，而如果与普通民众的现实利益和内心期许完全隔绝，则会失去民众基础，其象征意味便会成为无源之水，槐树成长为古槐的概率便会无限降低。由宫廷官府到民间，槐树渐渐地衍变为华夏民众共享的一种用来励志的象征物。已经取得功名，位列朝廷重臣者，便在自家庭院旁边植槐，号称槐门，既是身份地位的标志，也是侍奉帝王怀柔百姓的宣示。所谓"王侯将相宁有种乎"，普通人家在庭院中栽植槐树，旨在激励子弟，或寒窗苦读，或效力疆场，以此途径猎获功名，挤进槐门之列。唐代科举制度确立以后，更为寒门子弟开辟了进身之路，于是，槐树与科考结缘，开考之年称为槐秋，举子赴考名为踏槐，考试月份则是槐黄。因此，民谚说："槐花黄，举子忙。"科举考试是国考，为朝廷选拔经世致用人才，这是高官显宦人家子弟一个有脸面的金字招牌，而对于普通人家子弟，几乎是改变社会身份的唯一出路。槐花黄时，神州大地的举子赶考正忙，"大江东去，长安西去，为功名走遍天涯路"，有得意者，便有失意者，士子们便望槐而感怀，目睹槐花盛衰，而咏叹人生之起伏。因此，便产生了许多以咏槐为名义的咏怀诗。李频在《送友人下第归感怀》中写道："帝里春无意，归山对物华。即应来日去，九陌踏槐花。"有伤感，有安慰，也有达观。晚唐大诗人、花间词代表人物之一韦庄在《惊秋》一诗中写道："不向烟波狎钓身，强亲文墨事儒丘。长安十二槐花陌，曾负秋风多少秋。"韦庄在大唐王朝崩溃后，虽出任过五代前蜀小朝廷的宰相，但功名之路相当坎坷，在唐朝时，屡试不第，六十岁时才考中进士，他的望槐而伤怀，应当不是无病呻吟。晚唐著名诗僧齐己在《答长沙丁秀才书》中写道："月月便车奔帝阙，年年贡士过荆台。如何三度槐花落，未见故人携卷来。"虽寄身僧庐，却并未放下俗事，即便自己放下了，也替他人放不下。在槐花变黄季节，携卷赶考，总是读书人的一件大事。当然，也是国家大事。白居易一生写过有关槐树的诗大约十首，不外乎，望槐而感怀，咏槐而咏怀。苏东坡更是在咏槐而咏怀中推出千古名句，这便是《和董传留别》一诗的前半部分："粗缯大布裹生涯，腹有诗书气自华。厌伴老儒烹瓠叶，强随举子踏槐花。""腹有诗书气自华"一句，激励着多少人囊萤立雪，万里路万卷书，九陌踏槐花。

华夏子民对于国槐的尊崇还不限于什么功名利禄。槐树皮在万分困顿时，不知让多少代的多少人渡过了生死关；而槐花可以入药、食用、做染料，也是一种重要的蜜源植物；槐米更是一味药，这在《本草纲目》等医典中都有明确记载。由实用到象征，再由象征到实用，国槐的意义在无限扩展，几乎浸透了人生和社会生活的方方面面。由此，槐树被视为吉祥之树，向来有"灵星之精"美誉，并且有"公断诉讼之能"。因此，便产生了不少"树槐听讼其下"的故事，戏曲《天仙配》中便有在槐树下判定婚事，后又送子于槐下的桥段。

当一种普通的树种被赋予文化的意义后，这种树便不是这种树本身了，而文化，尤其是本土文化，无不扎根在大地深处，扎根在民族民众灵魂深处，这种树由幼苗而大树，由大树而古树，历千年劫波而长生者，非独树种有多么优越，而在于与本土民众精神情怀的契合度究竟有多高。崇信不过是西北大地六盘山东麓的一个蕞尔小县，其县名最早得之于中唐时期的崇信城，由李元谅开筑。李元谅的祖籍是今天的伊朗，他自小被宦官收养在唐朝宫廷，安史之乱后，大唐衰弱，边患频发，军阀作乱，李元谅受命镇守崇信一带，他爱兵爱民，有勇有谋，战功显赫，出任陇右节度使，被李唐王朝赐姓李氏，受封武康郡王，后因积劳成疾去世，崇信民众则为他建祠塑像，代代供奉，以感念他的"开拓疆土，修筑镇城，德被民生，感恩王功"。而李元谅所筑崇信城，其寓意为：尊崇诚信，保境为信。只要有功于国家，有德于人民，有信于职责，无论出身如何，也无论哪国人，有了这几种品质，便会受到人们的永久怀念。西汉有金日磾，大唐有阿史那社尔、李元谅，现代有白求恩，等等，都是由异域人士而升华为中华栋梁。尊崇诚信，尚德守道，也许，构建人类文明共同体，需要的就是这种大境界、大情怀。在崇信大地膜拜古槐的日子里，我也在收听收看党的十九大报告，仰望一棵棵历尽沧桑仍然生机勃勃的古槐，我不由得时时感叹：

国槐，国之槐，大国之胸怀，大国广民之情怀！

马步升，甘肃合水人，生于1963年。修过历史、哲学和文学专业，毕业于北京师范大学研究生院。发表小说、散文和学术论著600多万字，获老舍文学奖、汉语女评委奖、敦煌文艺奖等二十多项。中国作家协会散文委员会委员，甘肃省作家协会名誉主席，甘肃省社科院文化研究所所长、研究员。曾多次担任茅盾文学奖、鲁迅文学奖等国家重要文学奖评委。

人间一株大槐树

鲁敏

中国大地上最为普遍也最有人情味的树种，恐怕得数槐树了。

村头没有几株大槐树的村子，那绝对是不能够叫作村子的。因为有槐树处，则必有人烟，有村庄，有市井。点击中国地图，往大地深处不断推进不断放大，就会看到各种以槐树定位和命名的所在，槐树庄、槐树沟、槐树坪、槐树湾、槐窝、槐疙瘩、槐树岭、槐树埝、槐树台、槐子峪、槐家村、槐树胡同、槐树底街、槐树巷、槐花巷、槐花街、槐树街、槐树老街……这些地名都因槐树就此成立并隽永流传，养育一方水土、护佑一方子民。

而每一个槐树子民的少年记忆里，必然会有大槐树的浓荫，人类的整个童年都在它身上爬上爬下，登高望远躲猫猫，掏鸟窝捋花串儿，是啊，那修长摇曳着的花串儿，总会勾起我们感官经验里最初的甜蜜，并从鼻腔深处涌起一种仿佛是初恋般的记忆，甜丝丝的、湿漉漉的，伴随着舌尖的颤动，那是槐叶饼或槐花疙瘩饭的清香，那是人们与自然相亲相爱、岁月与共的滋味。

槐花吃罢，它就开始结果了，即槐角，其味苦，性微寒，有凉血、止血之效。而据《本草纲目》所载，槐籽还有明目黑发、补脑益寿之用。槐叶也是宝贝，"槐叶煎汤，治小儿惊痫，壮热，疥癣及疔肿"。就连寄生在槐树上的槐耳（一种菌类），也因浸沾了槐的苦辛之质，可治痔肛、下血与疮痛。

槐树不仅有着供孩童攀爬、供时令饮食、可入药治病等家常实用面目，亦有"阳春白雪"的一面，总被文人墨客们摇笔入诗。

"绿槐垂学市，长杨映直庐"（北周·庾信《奉和永丰殿下言志侍·八》）描写读书人聚会、贸易之市皆在槐树之下；"孤吟马迹抛槐陌，远梦渔竿掷苇乡"（唐·郑谷《感怀投时相》）写槐树在阡陌纵横间的悠远景象；"槐色阴清昼，杨花惹暮春"（唐·王维《送丘为往唐州》）写暮色四合中的清凉槐阴；"夹道疏槐出老根，高甍巨桷压山原"（唐·韩愈《和李司勋过连昌宫》）写行道两侧高大古槐的不凡气象；"槐街绿暗雨初匀，瑞雾香风满后尘；"（宋·苏轼《次韵曾子开从驾二首·其一》）写雨中槐街的暗绿色调……

槐树如此"宜诗宜文"，可能因为它与读书人的命运密切相关。因"槐""魁"字形相近，槐树象征着三公之位、举仕有望，自唐开始，人们常把槐树作为科第吉兆，并以"槐"指代科考，考试的年头称槐秋，举子赴考称踏槐，考试的月份称槐黄。"几年奔走趋槐黄，两脚红尘驿路长"（唐·段成己《和杨彦衡见寄之作》）、"槐催举子著花黄，来食邯郸道上梁"（北宋·黄庭坚《次韵解文将》）、"槐黄灯火困豪英，此去书窗得此生"（南宋·范成大《送刘唐卿》）写的都是"槐花黄，举子忙"的科考之盛。

当然还有无数关于槐树的志怪、传说和戏剧，并且老槐树常在其中承担重要"戏码"。比如黄梅戏《天仙配》中，决定男女主角命运的关键时刻，是老槐树开口讲话，劝董永莫错过天赐良缘。在《续夷坚志》里，仙人麻姑曾为寺庙募化，看中大槐树木质上佳，便托梦给大槐树主人，当晚一夜风雨，次日清晨大槐树已然不见，自动截取成材，卧于建庙工地。唐代笔记小说集《因话录》中，也说古槐之上常有仙人出游，每每于夜间传出丝竹音乐之声。明《保定县志》则记录老槐树之通灵，白天有人议论砍伐槐树，夜间便梦见黄衣老人求救，并预言砍断处会出血，砍倒的枝条会自己重回原处……

而在我个人的阅读经验来说，最为惊心动魄的"纸上槐树"，要数汤显祖笔下的《南柯记》：书生淳于梦坐于大槐树下饮茶打盹，梦入槐安国，被招为驸马，随即升官晋爵，享尽荣华富贵；后因交战失利，公主夭亡，遭遇家国破败、荣华尽失、双手空空，惊悸中梦觉而醒，发现手中茶盏尚有余温。而此处的槐安国便是淳于梦饮茶所坐着的大槐树下的一个蚂蚁洞。曾有机会看过全本昆曲《南柯梦》，戏中演到淳于梦美梦乍醒，天降大雨，他此时尚未开悟，痛心地冲到大槐树下，对着将被雨水淹没的蚂蚁洞，大声呼号他槐安国中的君臣父老妻儿……此一株大槐树，实在是古典戏剧舞台上最具现代性与虚无主义的隐喻之树。

无数次与槐树在村头、在桌上、在病中、在诗里、在纸上、在剧中相遇之后，2019年5月，在甘肃崇信，我与槐树有了一次终极意义上的相遇——树龄3200年的华夏第一槐，3200年啊，可谓历史悠久！它高26米，相当于十层楼之高，胸围13米，大约需七八人合抱，树冠巨大如瑞云华盖，东西向宽34米，南北向长约38米，占地2亩有余。绕走一圈，费时十分钟。举头仰观，可见古槐王主干分成八大主枝，故又称"八卦槐"，据说树上寄生着杨树、花椒、五倍子树、小麦、玉米等9种植物，实在是一个热闹和谐的植物大家族了。

与同伴在这株大槐树下缓步游走，且行且看，顿生渺小之感，不仅是物理意义上的小，最主要是一种精神与灵魂意义上的渺小，想想看啊，这3200年里，大槐树须臾未动、端坐此处，看过多少生老病死、聚散离合，送走多少江山主人、君君臣臣，历经多少天荒地老、山迁水移！人间这一株大槐树啊，我们纠纠结结、难以勘破的漫长生世，只是它的一个须臾与瞬间。不由让人再次想起南柯一梦里的古槐来了，或者不如说，这一株大槐树正是自古到今、通往未来的永恒之槐,也是如大梦惊觉的虚幻之槐。

鲁敏,江苏省作家协会签约作家,江苏省作家协会副主席、中国作家协会第九届全国委员会委员。著有《奔月》《六人晚餐》《九种忧伤》《荷尔蒙夜谈》《墙上的父亲》《取景器》《惹尘埃》等二十余部作品。获鲁迅文学奖、庄重文文学奖、冯牧文学奖、人民文学奖、郁达夫文学奖、中国小说双年奖等多种奖项。

长成一棵大槐树

刘亮程

　　崇信县最老的大槐，立于山间台地的打麦场上，孤独一棵，据说3200多岁了。麦场下方是关河村，名字同槐树一样古老。想必关河村人，牵驴赶牛拉着石磙子，在槐树下一圈圈打了几千年麦子，日子就这么一直过下去。

　　崇信山多地少，养人不易，活下来的古树却不少。我们看到的另一棵大槐，长在一方小寺庙里，只剩下半面树皮。看守寺院的老者说，他小时候树还完整，只是里面空了，空心树洞里摆一小方桌，常有人围坐打牌喝酒。后来大半面树干都朽了，剩下的一面树皮支撑起巨大树冠，茂盛地活着。据说这棵树也3000多岁了。

　　关河村大槐有八大主枝，绕主干四周。其中三个主枝朝上，一个向东南，一个向西南，另一枝往北，构成树的大形。大槐的南面设有祭祀台，供人焚香祭拜。南面向阳，是树的正面，所有叶子阳面朝南，绿光闪闪。树和人一样是站立生物，有脸面，有前后左右。

　　大槐朝天的主枝交错向上，把树的高度拔向云端。这是树的朝天枝，占得树头，独领阳光风雨，也容易遭受雷电袭击。我在西北常看到断头树，都是风摧雪压所致。树高天砍头。对树木来说，长太高并非好事。西北干旱，遇到一个雨水多的年成，树木会无节制地生长，往高蹿，生出繁枝茂叶，树身难承其重，一旦遭风摇雪压，断头折枝便再自然不过。树的朝天枝受惠于天，也最容易受天罚。据说崇信关河村大槐从未遭过雷击，原因是四周的山峰替它避了雷电。我想，树的节制生长也是原因。大槐的朝天枝看上去并不招摇，没有过分长高，给树惹麻烦。整个槐树高26米，大约是10层楼房的高度，但南北宽38米，宽度胜过了高度，使它在山间一洼台地上，只显大，却不显高。这是树的聪明，它能活到天寿之龄，肯定是每个枝都活明白了，知道自然的规律。

大槐向东南的主枝，是树的迎日枝，由一个主枝生发为三，两枝朝上追高，一枝斜逸向东，脱离树冠数丈，像树伸出的长长左臂，其枝干所指，必是每日的日出之地。迎日枝在漫长的黑夜里也不会长歪，它的枝准确地迎向日出。那是只属于这棵树的太阳，第一缕曙光，被伸到最远的树叶接住，迎到树上，迎到大槐下的关河村。每年春天，树东边的枝头先绿，最先长出叶子。在阳光普照的大地上，其实每一棵树，都独自迎接太阳，长成了自己的模样。

长在大槐西南的送日枝，到下午才会被太阳完全照亮。这时候，东边迎日枝的一半，已陷入阴影。关河村的夕照短，它西边是高山，使树和住在这里的人，都只能享受半个下午的阳光。大槐的送日枝，也顺了太阳的走势，枝干西斜朝上，指向的正是每天日落的山脊。我在大槐树下正赶上关山落日，眼看夕阳独自走远，自己伫立树下，忽有种两相远别的孤独。但头顶粗壮的送日枝，又让我感到落日不孤。我沿那棵倾身向日的树枝望去，就要落入山后的夕阳，正好卡在远山的一处缺口里，不舍地多照了大槐树一会儿。这每天多照的一会儿，在3000多年里，经年累月。我也在这依依不舍的夕照里，看着大槐朝西的叶子，一层层黑向树梢，直到送日枝端指的山口只剩下黯淡霞光，树身也全黑下来。

大槐最长的一个主枝，长在北边，是树的背阴枝，常年在阴影里，叶子皆处阴面。背阴枝因为前后左右都被别的枝遮挡，它只好往远处长，一直把枝干伸到树冠外的阳光里。所以，背阴枝也最长。这使关河村这大槐树东西窄，南北长，树冠呈扁圆形。

让大槐树长扁的还有风。崇信所属的平凉地区秋冬季刮西北风，春夏季多为东南风或东风，一年中风多从东西两面吹，树自然被风吹扁，形成南北宽、东西窄的样子。我在西北看到的大树，也多是扁的。整个秋冬季漫长寒冷的西北风，把树迎风面的皮，吹得光滑坚硬。那风也一年年地吹进木头，吹扁树的一圈圈年轮。西北多独木，有"一棵树""两棵树""三棵树"这样的地名。独长的树多是扁的，有迎风面，这样的树木，因为木质不均匀，容易走形，也属无用之才。用木料的人，能从木头截面，看出是不是迎风独木。木匠做活，都选用林中树，树在林中，相互遮风挡雨，也就不像独长的树有迎风面、背风面，木质便也均匀。讲究的木匠也是不伐独木的。独木命硬，人消受不起。

一棵树独自长大，并不是其他树被砍了，只剩下一棵，而是因为这方水土，只够长一棵树，多一棵都活不了。像关河村大槐，方圆几公里，独独它一棵。这样的大槐，能活下来，已经是奇迹。而它竟然活了3000多岁，更是让人难以相信。崇信塬高土厚，属半干旱地区，还算不薄的降雨量，勉强维系庄稼和草木生长。土豆麦子苞谷，降几场透雨，就有收成了。草比庄稼耐活，再旱的天，根不死，种子留着，一场雨又活过来。树不一样。小树靠天，大树靠地。类似果树这样的小树，靠天上的雨水便能活下去。但关河村这棵大槐树，是不能指望雨水活命的，它茂密的树叶和枝干，足以把一场大雨在半空里接住，落不到根部。那它靠什么活命呢？

我一路上多次看到因施工破开的土塬断面，从断面上露出的树根草根让人能清楚地发现树木在土里的秘密。土塬上层一两米，是雨水蓄积的地表湿土层，几乎所有植物的根，都扎在这层。草根浅，树根深。草有一点降雨便能活，树却需要更多水分才能长大。在湿土层下面，是厚厚的干土层，所有草木的根须伸到这里便停住。这一层的土是生土，也叫死土，缺少植物所需的养分。干土层再往下，是和地下水层接上的湿土层或湿沙石层。在雨水充沛的地方，地上湿土层一直连接地下水层，植物的根可以扎得深远，每一棵小苗都有可能长成大树。而在干旱的西北，干土层厚达数十米上百米，地上的那点雨水，永远不可能润透它，那是植物无法逾越的绝地。这也是西北许多地方不适合大面积植树的原因。那些人为栽植的树木，要靠人去引水养活。树越大，耗水越多，直到人养不起。

关河村大槐树长在半山腰的台地上，我看它的枝干，便知道它地下根须的走向，那些深扎土中的根，也基本上长成树冠的样子，这条朝东的粗壮横枝下面，对应着同样粗壮的一条大根，那是它地下的影子，根往哪伸，枝往哪展，树根在地下的暗处，给看似明处的树枝指引着方向。我知道这些向下伸去的大树根，一定穿过了其他树木无法扎透的厚土，在更深处哗哗的水声里，让一棵槐树活出了3000多年的茂盛繁荣。那是要靠一条地下河流才能养活的大树啊！

（原刊于《人民日报·海外版》2019年10月12日第07版）

刘亮程，1962年生于新疆。著有诗集《晒晒黄沙梁的太阳》、散文集《一个人的村庄》《在新疆》《一片叶子下生活》等，小说《虚土》《凿空》《捎话》。曾获第二届冯牧文学奖、第六届鲁迅文学奖、第十六届百花文学奖，被誉为"20世纪中国最后一位散文家"和"乡村哲学家"。

平凉看树

乔叶

有些地名着实好,哪怕不曾去过,单读名字就是一种享受。甘肃的好地名尤其多,兰州自是好,酒泉、玉门、天水、武威,也是一个赛一个地好。这次,我所到的平凉,当然也好。平,凉,听听,这两个字一出口,就是安详清爽。也确闻平凉即使在盛夏,温度最高也不过二十五六摄氏度,实是避暑佳地。虽然尚是暮春,在河南已经觉得初热,平凉这里却还是有些微寒。

平凉三日,马不停蹄,吃了许多好吃的,看了许多好看的,听了许多好听的,回到家盘点起来,印象最深的,居然是一些树。——如今,许是性子较之以前没那么躁的缘故,越来越喜欢树了。

静宁苹果

先是苹果树。本地的朋友在车里备了许多苹果,气息芬芳,色泽红艳,汁水丰足,口感脆甜。他们说,这是静宁苹果。静宁么,就是著名的苹果之乡。于是在去苹果之乡的路上,我们一边啃着苹果,一边听他们聊苹果。不愧是苹果之乡,我第一次听说苹果居然还有那么多吃法。拔丝苹果是最平常的,此外还有苹果包子、烤苹果、沙拉苹果,甚至苹果羊肉抓饭……说到苹果的甜,本地朋友们笑说,苹果其实不能光讲究甜,还要讲究酸,准确地说,是酸甜度。只有最合适的酸,才能显出最美味的甜,静宁的苹果,就是酸甜度最合适的——细细品来，这几句话，还颇有些哲思之趣。

因是万亩苹果基地，因此我一直想象着无边无际的苹果花，然而，并没有。无边无际的，只是苹果树。树并不粗壮，花开得也并不繁丽。行家们说，这才是对的。"要结果子的树，都是这样的，把劲儿用在了果子上，花本身就比较朴素。牡丹花倒是开得大，却也只是白白地开花，哪里会给你结果子呢。"

并不粗壮的苹果树却能结不少果子。本地专家们介绍，在精确的科学管理下，每一棵树都能结出几十斤大苹果。看着这窈窕淑女一样的果树，总觉得它们就像一个个刚刚成年的少女，开花，结果，生儿育女，迸发出无尽能量。不知怎的，由此说开，就说到了本地的女子们，本地朋友由衷地夸赞道："我们这里的婆娘和苹果一样，昼夜温差大，日照时间长，酸甜度好着呢！"这比喻，貌似毫无道理，却又莫名地传神。众人大笑。

庄浪桃花

去庄浪县云崖寺的路有点儿漫长，虽不是山高谷深，却也曲折宛转。路两旁的山坡上尽是盛开白花的矮树，都是野梨树，仿佛枝枝挂雪。到了云崖寺，就有了金黄的连翘和红色的桃花。这桃花的红啊，真不知道该怎么形容，也只有用桃花本身来做定语——桃红，是吧？

"人间四月芳菲尽，山寺桃花始盛开"。在这里，我终于深刻体会到了山寺桃花的美。"桃之夭夭，灼灼其华"，可这桃花并不轻浮，因为它干净。看着这干净的桃花，就觉得自己的心像被洗过了一样。游人不多，有人感叹说，这桃花美得有些寂寞。我倒不觉得。花开有人赏，固然是好。可没人赏也不遗憾。有清风赏，有鸟儿赏，有蜜蜂赏，有蝴蝶赏——在寺前，更有佛赏。总之，不管谁赏，首先是为自己而开，这个最重要。自己在了，才能"自在"。这里的桃花，想来都是自在的。

崇信槐王

崇信的槐树王在锦屏镇关河村地界。离它还很远时,我就停下了脚步。那么粗,那么壮,它真不愧是王。稍微走近,我便用手机从各个角度拍它,却都不能把它拍完整——除非离得很远,很远。本地朋友说,这树围已逾10米,需要七八个人手拉手才能将它合抱。若不是它周边守护着一圈宽宽的木栅栏,我真想约着同行的朋友们去抱抱它。不过,被栅栏守护着也好,人们只能远距离地观望,让它更具王者之势。据说曾经有人将它卖了,生意谈定后,买主派工人们去锯树,第一天留下的锯痕,第二天工人们去找,竟然消失不见了,吓得工人们落荒而逃,这笔生意也就不了了之。

我绕着木栅栏走了三圈,向槐王致敬。本地朋友建议我边走边祈福,我答应着,却只是让自己默默地纯粹地走着,没有去祈福——我怕自己太贪婪,想祈求的太多,会让慈悲的树神为难。那干脆就沉默吧。在它的身边,沉默着走走,也是好的。

木栅栏上挂满了被面,金闪闪,红彤彤,很是喜庆。这都是人们的祈福之礼。有些好奇:也不知道祈福的都是什么人,更不知道这树何时成了人们心中的神。从一棵青葱的小树长起,长着,长着,它就长了3000多年,把自己长成了王,长成了神——似乎有一种惯常的说法,说中国民众没有信仰。怎么没有呢?有的。风神、雷神、雨神、花神、土地神……天地自然的一切,都是啊。

忍冬成树

还有什么树呢?崆峒山的松树和柏树,赵家墩梯田观景台边的杏树,对了,忘记了在哪里还看到了一株高大的忍冬。这本该是灌木一样的植物,却长得像一棵树一样。忍冬夏季开花,先白后黄,因此还有一个名字:金银花。到了秋天它会落老叶，生新叶，绿意盎然地度过寒冬，所以又叫忍冬。忍冬——金银花，一个刚毅内敛，如高士；一个欢欣丰足，如村姑。有意思的是，这两个名字虽然气质有异，却也并不违和。

据说敦煌石窟中出现最早且出现频率最高的植物图案，就是忍冬。在南北朝时，忍冬就是最为流行的装饰纹，又叫"卷云纹"。为什么偏偏是忍冬？是因为它的强韧？它的高贵？还是因为它作为药的慈悲，抑或是它如此绵延不绝，生生不息，和佛教的轮回不灭之道表里相通？任何一种猜测似乎都能成为一个答案。

——不由得朝窗外看去。我家楼下的小花园里，也种有几棵忍冬呢。

乔叶，女，河南省作家协会副主席，中国作家协会全委会委员。著有小说《最慢的是活着》《认罪书》《藏珠记》、散文集《深夜醒来》《走神》等作品多部。曾获鲁迅文学奖、庄重文文学奖等多个文学奖项。

神奇的华夏古槐王

张荣

崇信县位于甘肃省东部,属暖温带半干旱大陆性气候,海拔在1085.4米—1728米之间,生态相对较好,先后获全国绿化模范县、省级园林县城等荣誉称号。在距离县城西20公里的省级风景名胜区五龙山和省级森林公园唐帽山之间的孙家峡关河村内,生长着一株体型巨大的古槐。古槐背风向阳,四面环山,周边植被茂密。从五龙山上俯瞰,古槐周围的地形犹如一只神龟,古槐正好位于神龟的脖颈位置。古槐高大挺拔,枝繁叶茂,冠盖似云,干曲枝虬,树高26米,主干高2米,胸径13米,冠幅946平方米,占地2.1亩。1992年6月,经国家林业部和甘肃省林业厅测定,古槐已经有3200多年的历史了。更为奇特的是树上寄生着花椒、小麦、玉米、五倍子等9种植物。河南林业科学院古树研究专家董云岚于2012年7月考察之后得出结论,按照目前"树大壮观"的标准评定,崇信古槐树以龄之高、树体之大、树形之美著称,实乃中华第一槐。2015年8月,古槐入选《全国百株人文古树名录》和《甘肃古树奇观》,被誉为"华夏古槐王"。

崇信古名芮鞫,属于先周故地,这里曾发掘出甘肃省发现时代最早、埋葬人数最多的周文化墓群。《史记·周本记》载,周先祖不窋曾奔居于"戎狄之间"。《诗经》之《大雅·公刘》详细记载了公刘迁豳的过程,最终于芮鞫之地教民稼穑,发展生产。古公亶父迁岐之后,部族势力范围从陇东地区的泾汭河流域扩展到渭河。这些都说明，崇信是先周文明的发祥地之一。公元前1044年，公刘的十二代孙武王姬发起兵讨伐商纣，成就了周王朝等级森严的八百年丰硕基业。《周礼·秋官·朝士》中记载："朝士掌建邦外朝之法。左九棘，孤卿大夫位焉，群士在其后；右九棘，公侯伯子男位焉，群吏在其后；面三槐，三公位焉，州长众庶在其后。"意思是面见周天子时三公九卿以及各路诸侯要找准自己的位置，三公面朝三槐而立。

可见在当时，槐树已成为一种特定的地位象征和符号受人尊崇。

唐武德元年（618），西秦霸王薛举之子薛仁杲与唐王李世民在泾州一带的浅水原大战失败，薛仁杲被俘，其残余势力向西逃窜，占据五龙山。唐王率军追击至此，见此地山高林密，地势险要，遂采取徐懋功的计策围而不攻，双方久峙不下。一日，李世民率领唐军进入孙家峡，大将敬德将唐王坐骑拴于古槐王下，唐军在古槐树下休整操练。古槐王枝繁叶茂，唐王在树下休息时一不小心帽盔被挑在了树枝上，于是心生一计。次日，唐军占据五龙山以南约五公里处的高山密林，李世民命令所有将士把头盔悬挂在树枝上，故意虚张声势，震慑贼寇，此次大战以唐军大获全胜告终，扫清了唐王李世民西征的障碍。为了纪念唐王消除战乱，保障一方平安，这座山后来被当地百姓称为唐帽山。在古槐王西南面山上有一地名叫水泉岭，岭上有"马刨泉"一处，相传是当时唐军人马饮用的泉水。

安史之乱以后，因朔方、河西、陇右边军内调平叛，吐蕃乘虚进犯大唐，攻陷陇右诸州。六盘山以西的五龙山一带成了大唐和吐蕃势力角逐的主战场。公元787年，陇右节度使武康郡王李元谅在距离古槐20公里处的锦屏山下筑崇信城，抵御外族东进。这种旷日持久的对抗前后拖延了一百年多年，五龙山上至今还有打鼓台、绕旗山、鞑子营等战争遗迹，而古槐王处于两军交战的前线阵地，能够巍然屹立、枝条无损，体现了当时人们对它的敬畏之情。

20世纪50年代，崇信县城扩建，需要大量木材，古槐王被列入砍伐对象，可是伐木工人到现场一看，顿时被它的气势震慑住了，于是打消了砍伐的念头。到20世纪60年代后期，因县铜城农业中学扩建缺木料，公社做主把古槐王卖给了学校，几十个工人肩扛大斧、腰缠麻绳、手持长锯来到关河伐树。据说当时伐木工人把锯条拉入树干三四寸深时，树体淌出了红色的汁液，众人以为神树显灵，心生畏惧，扔下锯子仓皇而逃。现在树上还能清晰地看到一道道锯口痕迹。

槐树为树中精灵，在古人看来神奇异常，有吉祥富贵、平安长寿的寓意。魏文帝曹丕的《槐赋》中有"大邦之美树，惟令质之可嘉，托灵根于丰壤，被日月之光华"的溢美之词。唐代诗人白居易有"黄昏独立佛堂前，满地槐花满树蝉"的诗句。宋代诗人洪皓有一首《咏槐》："弛担披襟岸帻斜，庭阴雅称酌流霞。三槐只许三公面，作记名堂有几家。"唐代王维《送丘为往唐州》云："槐色阴清昼，杨花惹暮春。"董永和七仙女以槐为媒、喜结良缘的经典神话故事流传至今，这些都从不同的角度赞颂了槐木之美妙、槐花之清香、槐树之神圣，人们对槐树的喜爱由此可见一斑。崇信本地关于槐的乡谚俚语流传甚广，最具代表性的有"门前一棵槐，槐上挂金牌，娶妻生贵子，升官又发财""前植槐，后栽柳，前门不种鬼拍手"等。当地人把古槐王当作神树，在枝条上挂满祈福的绸缎，祈祷平安长寿和爱情永恒。

崇信县古树名木资源丰富，分布广泛，华夏古槐王无疑是其中翘楚。民国十五年《崇信县志》载："兴教院（原为锦屏山下开化寺）古槐，大数围，盘根错节，据地为螺丝形，千年以上故物；城隍庙唐槐，更盘约半亩许，奇形怪状，人以十二相属具备称；峡口庙唐槐，大数围，根据地一周，作椭圆形状，如八卦。"遗憾的是，上述三株古槐仅城隍庙唐槐幸存于世。为保护这些珍贵的林木资源，县林业局普查筛选后，将187株古树名木列为保护对象，建立了"树籍档案"，采取"一张铭牌、一个围栏、一套措施、一位专人"的措施重点管护了起来，其中不乏像赵湾村千年古槐、五举农场呈梅花状分布的六株明槐、窑洼村巨形古槐、渭河以北稀有树种娑罗树、棉柏侧柏刺柏共生一树的三异柏、倒卧石崖上的千年神树"古柏龙蟠"等。2018年3月，国槐被评为崇信县树。

近年来，崇信县以创建国家级生态文明建设示范县、国家森林城市和全域旅游示范县为目标，大力发展文化旅游事业，对华夏古槐王进行了保护性开发，组织编制了《崇信县华夏古槐王景区保护性建设方案》，在古槐王周围修建了生态护栏，修通了10公里孙家峡景观道路，配套建设了古槐王景区管理用房，慕名前来的游客参观完古槐王后无不为其巍然的气势而惊叹。

（原刊于《国土绿化》2018年第五期）

张荣，女，甘肃静宁人，原任崇信县委常委、宣传部部长，现任平凉市社保中心主任。

平凉五帖之古槐王

漠月

应该说，陇东进入了最好的季节。

花红柳绿，天地间混合着缕缕青草的香气。这香气并不馥郁，甚至有些隐忍，大约是树渐渐稠密起来的缘故。草与木，毕竟形态不同，各有其姿。木铺天，草盖地。铺天盖地，它们各司其职地绿着。绿是新绿，似乎是每一片叶子都绿得透亮，脉络异常清晰，不被风尘浸染。阳光也不浓烈，透过树荫，泼洒在青草葳蕤的土地上，不张不扬，温润和煦。时有小雨不经意地飘落，刹那的凉爽惊起一丝寒意。五一小长假，农历四月始，初二立夏。大概因为这个节气，令人回味《最美人间四月天》，想起徐志摩和林徽因，尤其这样的诗句——"向左，叶变成菩提的刹那；向右，花融为世界的瞬间。"

七沟八梁，峰回路转，周而复始。我们来到崇信县。崇信县地处黄土塬深处，山上山下，绿树环绕。不是江南，貌似江南。苍松翠柏有之，更多的是槐、榆、柳、松、柏。我还想找到另一种树——沙枣树，答案令我沮丧：没有；白杨呢？有，极少。好像有白桦，也很少，一晃而过，不好确认。还有一些树，我根本不认识。总以为，什么样的树生长在什么地方，都是得了神谕的，任意恣肆不得，随心所欲不得。多年来，我养成了一个习惯，无论走到哪里，先看树，后看景。树越多越好，环境越幽静越好。树大招风。树下生凉。素衣芒鞋地站立树下，冥冥中觉得因了神灵的关护和照应，有别样的心情和滋味。

崇信县有个锦屏乡，锦屏乡有个关河村。关河村，有一棵树——古槐王。

古槐王高26米，主杆基径3米，最大胸围13米，树冠东西约34米，南北约38米，占地2.1亩。经国家林业总局专家测定，树龄3200多年，载入《全国百株人文古树名录》，是目前发现的国内体形最大、树龄最长的古槐，被誉为"华夏古槐王"。主干分八大主枝，又称"八卦槐"。相传唐朝大将尉迟敬德曾拴马于树下。

以上这段文字，是我用手机从古槐王旁边的仿真木牌上拍下来的，一字不落。

首先是惊讶，其次是震撼，然后是敬畏，再然后是肃然。因为敬畏和肃然，令我无语。面对古槐王，有很长一段时间，我不仅无语，而且失语。然后，就是一番沉默地仰视。虬枝如龙，若盘若腾；冠盖似云，气势磅礴——其实，什么都不用说。心里头突然空空的，空无他物。空即是有。我不是参禅的人。此时此刻，我有了禅意。境由心生吧。抑或是触景生情，是一种恍如隔世的况味。因为与之相背不远的别处，赘肉般地散布着一座座或大或小的城镇，熙熙攘攘，红尘滚滚。

一树一菩提。

参禅的人，即便是没有菩提树，在这样的古树下禅坐，也是好的。心地柔软。心怀悲悯。心静如水。至于一生戎马倥偬的唐朝名将尉迟敬德，是否真的在此树下拴过马，不考究也罢。尉迟敬德在中国的传统文化中，与秦琼一道被老百姓尊为驱鬼辟邪、祈福安宁的门神，倒是真的。恰恰是，崇信县黄花乡黄花源村，就有一棵渭河以北最大的菩提树，树的年轮与佛教传入我国的时间一样久远。因为时间很紧，我们只能与这棵相距不远的菩提树擦肩而过，感觉挺遗憾的。或许，缘分不到。这样一想，便也释然。

而古槐王萌芽的时代，比佛教传入我国的时间还要早一千多年。

漠月，1962年出生于内蒙古阿拉善，1982年毕业于宁夏大学。中国作家协会会员，宁夏作家协会副主席，《朔方》主编。曾获宁夏文学艺术奖、《小说选刊》优秀作品奖、《十月》文学奖等，多篇作品被各种选刊和选本转载，部分作品被译介国外。短篇小说《放羊的女人》被改编成电影《奔走的天堂》，由北京电影学院青年电影制片厂投拍。

大地戳记

马宇龙

出崇信县城，经铜城工业园区辖地，西南逶迤上山，在关河孙家峡山间的一处平台上，就会遇见它。每次遇见它，都是意外，都是对它的冒犯。3200多年来，抵达这里，在它的脚下站立、逗留的，多为像我这样充满好奇和探寻的匆匆过客。遇见它，靠近它，已让我自惭形秽，惭恧不已，用文字去书写它，我内心更是充满神圣的企图和惶恐的不安。因为它已经有了那么多的荣誉。不过，对它来讲，一切加冕如风来风去，老硬的枝条都不会摆动一下。赐予它无限荣光和底气的，是年华，古老的光阴赋予它穿越一切时空的可能。它舒展开第一片叶子的时候，是西周。我仰起头来，久久凝望，努力探寻苍翠繁华的背后，我马上感到了我的目光和思维的软弱无力、那个时代的一切虚幻和飘忽。我知道，那时候，连孔子、孟子这些伟大的圣贤都没有出现。它的博然与深沉，击碎了我心灵中一点点的沉思与悸动。一个木制之躯，何以穿越3200多年的苍茫世事而不为所动？

而它，只是一棵很老的槐树而已。

说到老槐树，不禁想到一句话，那是崇信的一些老年人常挂在嘴边的一句话：我们祖籍都是山西洪洞县大槐树下。这句话其实是说明代初期历史上一次规模较大的人口迁移活动，当时人口比较稠密的山西实行大规模移民，民众在洪洞广济寺集结，集体出发抵达因元末战争造成的十室九空的西部边陲甘肃。其时，百姓拖儿带女，长泪横流，怀揣着折下的槐树枝一路西行，并把槐树枝插在了甘肃大地，睹物思乡，寄托愁思。当然这是明朝的事了，而这棵大槐树无论人世繁华还是人迹消亡，它一直在。之后每一个时代的老百姓都把所有思恋故土之情寄托在所有槐树身上，自然包括这棵老槐树。老槐树枝叶插入天空，与上天的神仙对话，根须植入大地，与地狱的鬼神沟通，所以，在老百姓心目中，老槐树是神树，可佑天下苍生，可保福祉绵延。所以，不管啥时候来这里，都可见树干上挂着红被面子、小布条，树根处有砖垒起的香案，年年有人在此烧香焚表，百姓尊之为神。

好些诗人文友，也包括我自己，写诗作文，总爱说，若有来生，愿能变成一棵树。这样的句子随处可见。一个人对于一棵树的追随、向往与膜拜，其实我想是对于它拥有笃定的空间而言。人类自从解放了四肢，奔跑、移动、远征，但要把我们从近处带到远处，奔跑不够、马匹不够，甚至汽车、火车都不够，还需要飞机乃至高铁，一路把我们带到更远的远处。可是却不幸抑或是幸运得多，它们一旦植入大地，只要不遭人类挖来迁去，树冠下那一方土地，便是它们永远的家。这对人来说是不可思议的。所以，人羡慕树，一边奔波，一边惧怕奔波，一边出发，一边寻找初心，直到老得再也走不动，才异常清醒地在一张床上返回时间的河流。正是在那一刻，人才拥有了一生中的最高智慧。

"逝者如斯夫，不舍昼夜"。时间在流逝中，万物发生沧海桑田似的空间位移，而每一次移动，都牵扯出它的根须和原初。一棵树，纷繁的念头遮天蔽日，年年岁岁地去触摸蓝天，靠近太阳。在所有欲望中，一门心思地生长，是它们全部的追求。而我们，拥有一片土地，却觊觎更远更广阔的土地，拥有一方天空，却幻想着天外之天，焦虑中忙乱，瞻前中顾后，错失掉的除了时间，更多的是稳固的空间。

生长在偏仄之地孙家峡的老槐树，也只是一棵很老很老的槐树而已。

但3200多年，不是数字，而是时光堆砌起来的26米高、13米胸径的身体。身体半边上的木已朽作富壤，寄生着杨树、花椒、五倍子等9种植物。它养育着它们，教化着它们，并通过这些不同的植物，又在不断延伸着时间。它真是太老了，连岁月本身都有了嫉妒。据传，清朝末年，有一位外地富商无意间看到了大槐树，表示愿意出大价钱购买，被当地村民断然拒绝。"文革"期间，有人提议伐掉大槐树做木材，村民虽然极力反对，但还是没有能够阻止。当一群人用大锯准备锯断树身时，锯子刚拉了几下，树身上就渗出了殷红的液体，伐木人惊呼：大树流血了！他们大惊失色，不得不跪地求饶，仓皇而去。如此一番罹难，它还活着。它依然活着。活得大气而庄重。我去的时候，春意初起，嫩芽刚出，虬曲的枝干，诚朴而自信地呈伞状铺开，到极高处，枝条相交，烟雨迷蒙。走到十米外，它高大的身影，还在高扯着人的目光，它暴露的根须，还牵引着人的脚步。它是沧桑的，却绝不破败，执着专一的定力，热烈宽阔地接纳，成就它千载之下非凡的气象。

　　站在这棵树下，我也在想，我应该给它一个命名。有人说，站在外侧仰视，老槐树主干分八大主枝，酷似一幅八卦图，便称其为"八卦槐"。八卦图，体现着自然生成顺序和绝对对称的关系，体现着父母男女相互求索、万物生长成熟、季节寒暑往复等世间相互制约、相互依存的复杂生命状态。人间万物都可以用卦象显示，人类从蒙昧状态中醒来，糊糊涂涂，浩浩渺渺，思维方式的飞跃表现为一分为二，连分三次为八，彰显万物时空不断发展却又平衡的关系，老槐树的神秘与智慧，令人叹为观止。更为奇妙的是，八卦图恰恰位于洪洞大槐树景区的中轴线上，有"根在洪洞"之取意。称老槐树为八卦槐亦无不可，但这只是反映它内在的精神的一面，若是跳出三界外，立于红尘之上，穿越高山云雾和历史烟云，俯瞰天地之间的它，它更像是一个来自神灵的印戳，啪！一下盖下来，不偏不倚，盖在崇信关河孙家峡，从此，崇信这片土地，便有了历史和时间的戳记。

而这戳不仅仅只是盖下来，它是盖了进去，盖入大地三十米，回溯历史三千年。再看它的周围，地形极似灵龟，周围群山环抱，石崖壁立，峰高入云，草木葱茏，溪水叮咚，鸟语花香。它，让人类充满了荣光！

好一个大地戳啊！

马宇龙，生于20世纪70年代初，祖籍山东省济宁市。现为甘肃省平凉市文联副主席、作家协会主席。在《人民文学》《人民日报》等刊物发表诗歌、散文、小说600多篇，著有诗集《瘦弦流响》《大风过耳》《江湖秋水》（与人合著），散文集《穿过血液的河流》，长篇小说《天倾残塬》《山河碎》《江河谣》《楼外楼》。曾获甘肃省第六届黄河文学奖、第五届"观音山杯·美丽中国"游记征文佳作奖等。

隐在大山深处的华夏古槐王

闫小杰

一棵三千多岁的槐树，在大地之上，已站成一个时光的意向。

满目疮痍的大槐树，在黄土高坡一个极其偏僻的山村里，一站就是三千多年。这三千多年，经历了怎样的风风雨雨，经历了怎样的世事变迁，有多少只鸟儿曾经在这棵由小树苗长成的大树上栖息筑巢，休养生息，有多少人、多少代曾经在这棵树下庇荫、路过？这些，都已无从考证，而这棵树，像一个久经风霜的老人一样，见证着世间的风雨，见证着人间的变迁，成为一部大地之上的史诗，在一种冥冥之中的意向里，把春天的花儿、夏天的雨滴、秋天的烈风、冬天的白雪，守望了三千多年。

而今这棵树，躯干庞大，七八个成年人方可围拢住它的躯体；枝繁叶茂，像大山深处一个巨大的华盖，屹立在山坡下，忘记了来路，也不知去向，站成一棵具有神性的树木。

这个村庄叫关河村，是芮鞫大地最为偏远也最为贫穷的山村，近几年，人们纷纷搬迁到二十里外的地方居住。这个村庄世代贫穷，有山人说，这古槐是一棵神树，是山神，在旁边居住的人，把神灵干扰了，让神灵不得清净。还有山人说，这棵树就是神，人神不可同在一块，我们是凡夫俗子，怎么会和神灵在一块呢，所以，祖祖辈辈贫穷，落后。据统计，这儿几十年来没有考出一个大学生。当然，说法多多。贫穷也罢，落后也好，是自然条件制约了生产生活的向前发展。而这棵树，也是由于偏僻，远离人间，才没有被破坏，屹立在这个大山沟中，一站就是三千多年，成为时光的意向，成为岁月的见证。虬枝盘结，见证着三千多年的曲折历史、自然变迁、人间变故，在四季日月中，抒写着天长地久的意蕴。

这棵槐树被称作"华夏古槐王"，它周围群山环抱，石崖壁立，峰高入云，草木葱茏，溪水叮咚，鸟语花香。身临其境，仿佛置身世外桃源。

在世俗红尘里，身心太累之时，避开那些生活中的喧嚣，在关河深处，寻幽探梦，颐养身心，是最好的选择。当地的、外地的人们，在节假日纷至沓来，在这棵三千多年的树下，观光避暑，放松心情，在这一棵树的千年意向里，把自己的心梦放飞。

尽管当地的大多数人家已搬离大槐树，可人们对这棵神树的敬畏一点都没有减少。每逢农历初一十五或过年过节，人们都要带着香表，带着各种水果贡品，到大槐树下，祈福求愿，祈求四季平安，祈求生活美满，祈求五谷丰登。到大槐树下，可以看到一条条鲜红的绸缎被面搭在槐树的枝干上，像一朵朵鲜花，开在沧桑的大树上，成为一道亮丽的风景。

当我们走近大槐树，感叹时光的久远，感叹这棵树的神奇，感叹大自然的巧夺天工，也感叹这棵树生命不息的顽强和奇妙时，在树下，抬头观赏，这棵树，让我们仰望到了时光，仰望到了岁月的恒久，我们深深地感觉到，作为大地苍生的人，行走于世上，是多么的渺小，岁月又是多么的短暂而匆匆。

一种神性的感觉，会油然而生，这一刻，我们一定会忘却人世的烦恼和不如意，忘却为了名利而来的苦累。在这个远离人间，如世外桃源的地方，这棵树，谱写着人间浓浓的诗意，更是大地苍生现实的见证，我们有什么理由，还去怨天尤人，抱怨生活，抱怨命运，抱怨现实呢？

在大山深处，这棵树已沉寂三千多年，而且还要永远超然物外，超然时空，以自己大隐者的意向站立在这里，一直站到地老天荒。世事往往难以预料。最近，随着旅游产业的开发，当地政府部门为了这棵大槐树，修通了一条山区公路，在大槐树下建起了游客接待中心。各种媒体网络也纷纷宣传，游客络绎不绝，来这里寻幽访胜，朝觐这棵神奇的大树，以"三千年约定，还你前世今生一个美好的夙愿"的虔诚，在古槐王下探寻时光的悠远，岁月的绵长，让心灵在喧嚣的世事中，得以洗礼。

三千二百年，是岁月深远的意向，经历了多少个朝代，多少代人从孩童走向了暮年，又回归到了黄土之中。而这棵树，以一位王者的身姿，俯瞰苍生，俯瞰大地。我想，当许许多多游客，以有缘人的身份聚集在这棵大树之下时，或许也会进入它千年的长梦。

王者的情怀，王者的思想，王者的豪迈，站在大山深处，让亘古的时光，终发酵为美好的愿景，在绵延不绝的人间烟火中，酝酿更多美好的约定。而这神性的光芒，在苍茫天地间，成为地老天荒的意象。

闫小杰，笔名原野，中国诗歌学会会员，甘肃省作家协会会员，平凉市作家协会副主席。至今发表诗歌散文一千多首（篇），收录于《飞天》《星星诗刊》《当代作家》《时代文学》《汉诗三百首鉴赏》《中国诗歌大观》《中国新诗选》《当代中青年诗歌选粹》《中国当代诗人代表作品录》等书刊，获中华诗歌创作奖、黄河文学奖、崆峒文艺奖等奖项五十多次，现任崇信县文学艺术界联合会主席、《崇信文艺》主编。

槐花飘香

吴勇

周末相约几位朋友回老家看古槐,还没走近村子,远远地看到了村口那棵大槐树上挂满了一串串嫩黄色的"小精灵",随风翩翩起舞,飘来阵阵浓郁的槐花香味,沁人心扉。每年槐花飘香的季节,心中油然而生些许感触,尽管我早已过了伤春悲秋的年龄,却怎么也"剪不断"对槐花的眷恋,"理还乱"的是和槐花离愁聚散的情感。

那年槐花盛开的季节,村口那棵高大挺拔、根深叶茂的老槐树上花蕊悄然绽放,那串串嫩黄淡雅的花朵,像迎风而动的风铃,似翩翩起舞的蝴蝶,在晨光照射下显得格外妩媚娇艳。一曲委婉优美的歌声从林荫深处传来——

一对对绵羊
并呀么并排排走
哥哥你什么时候
拉着妹妹的手
……

透过层层叠叠的花串,看见粗壮的老槐树身后闪出一位名叫槐花的白衣少女,一身冰肤玉肌,显得格外素雅而皎洁,她迈着轻盈的碎步边走边唱,像槐花林里的槐花一样美丽多姿，似万般风情。

> 五月里槐花花开
> 妹妹你走过来
> 红袄袄那个花鞋鞋
> 站到哥哥跟前前来
> ……
> 我要拉你的手
> 还想亲你的口
> 拉手手亲口口
> 咱们两个圪崂崂里走

在青春流淌的岁月里，正值理想和激情普遍上扬的时期，热爱文学、奋发读书是我们那个年代的热血青年追求的人生理想。因我常去图书馆借阅图书，图书管理员槐花姑娘便成为我的良朋益友。她写得一手好字，且能歌善舞，也很喜欢文学，相投的志趣爱好让我们走得较近，私下约会时对唱那样直白的情歌，配合得还算默契自然。我们真正还没"拉手手""亲口口"，只有"咱们两个圪崂崂里走"。"圪崂崂里"便是村口那棵古老的老槐下，我们常来这里散步、练歌喉，坐在裸露的粗树根上谈人生、谈理想、谈文学。共同的志趣爱好，就像一条友谊的纽带，把我们连在了一起。

有一种境界让人流连忘返，神游物外；有一种陶醉让人心神合一，物我两忘。这就是书籍的魅力。老槐树和这粗树根见证了我和槐花姑娘交流借阅的书籍：《诗经》《唐诗三百首》，曹雪芹的《红楼梦》，鲁迅的《呐喊》《彷徨》《故事新编》，钱锺书的《围城》，曲波的《林海雪原》，杨沫的《青春之歌》，巴金的《家》《春》《秋》，高尔基的《童年》《在人间》

《我的大学》，尼古拉·奥斯特洛夫斯基的《钢铁是怎样炼成的》，伏尼契的《牛虻》，列夫·托尔斯泰的《安娜·卡列尼娜》，肖洛霍夫的《静静的顿河》，雨果的《悲惨世界》《巴黎圣母院》，巴尔扎克的《欧也妮·葛朗台》，司汤达的《红与黑》，等等，更有一部抒情诗般感人肺腑的小说《第二次握手》。以手抄本相互传阅的形式，在我们心里燃起了光明的火焰，唤起我们俩对过去那段历史的复杂情感。

握手是人们日常生活中会发生千万次的寻常事，但张扬在《第二次握手》里描述的主人公苏冠兰和丁洁琼这对恋人一生只握过两次手，第一次是在翩翩少年的初恋时节，第二次握手竟然会在整整三十年之后。丁洁琼说过的"一个人的一生，应该只有一次爱情，也只能有一次爱情"令人至今难忘。这部小说正式出版发行时，我到新华书店门前排队购买了两本，一本送给槐花，一本留着自己阅读收藏。

《第二次握手》曾经被称为"感动过一个时代的经典小说"，苏冠兰和丁洁琼追求事业、爱情相统一的最真挚、最纯洁的情感，对于对事业与爱情富于幻想的少男少女来说是非常具有感染力的。从此，我的心海里奔泻着当一名像张扬这样的知名作家的愿望，我曾用幻想的彩笔，在心中描绘着一幅灿烂夺目而又恬淡雅致的图画，我用火热的激情，在心中默默谱写着一首激越高亢而柔美舒缓的恋歌，我用青春的心血，在心中营造了一座无比坚固、无比牢实的爱情之塔。

然而，一张招工通知单要将我带向远方的矿山。临行前槐花说："咱们两个圪崂崂里走。" 还是在那老槐树下，槐花亲手交给我一封信，我急于拆启，槐花连忙拉手阻止，这便是我和槐花的"第一次握手"。

细碎的槐花纷纷扬扬，飘飘洒洒，落得遍地槐雪。窗外的槐花林渐渐往后移动，耳旁回响起槐花的话语："你将要离开家乡，到那艰苦的矿山去工作，虽然此刻我想象不到那儿是个什么样的环境，它会给你带来什么，但是，我希望那里是一个山清水秀的地方。要是艰苦的话，也不打紧，不要悲观失望，要相信'生活便是战斗，逆境造就强者'。伟大的心胸应该表现出这样的气概，用笑脸来迎接厄运，用百倍的勇气来对付一切不幸！"

  矿山四面环山，头顶巴掌大的天灰蒙蒙低沉沉，我坐的车爬行在坑坑洼洼的山路上，绕过一个又一个山峁。满目重峦叠嶂，故乡的河流、槐花的芳香消失了，我心中的图画破碎了，恋歌戛然中断了，爱情之塔倾倒了……我迷惘、懊丧、痛苦、伤感，我辗转反侧，夜不成寐，我在难以泯灭的惆怅中静夜凝思，苦苦追索，而最后将我从感情的泥沼里拔出来的还是书籍。矿山图书室是我工作之余常去的地方，那里"槐花飘香风摇玲，唯我书香情最浓"。在图书室里，我用知识的清波来荡涤忧伤，用朋友的情谊来消除愁闷，用理智的本领去向理想的目标拼搏，去追赶失去的一切。

  花开花落，转眼三十多年过去了。夕阳西下，漫步汭水堤岸。晚风徐徐吹来，一丝淡淡的沁香弥漫着整个世界，寻香望去，村口老槐树依然郁郁葱葱，槐花已悄然绽放，槐花掩映出一座仿古建筑的图书馆，当年那个图书管理员槐花姑娘，现已成为图书馆馆长。年过半百的她，依然风姿绰约，清纯不减当年。今生今世和她第二次握手的瞬间，送一首小诗了却一生的夙愿——

  可记得槐花飘香的时节
  我们曾多少次在树下相遇
  这纷纷扬扬的槐花呀
  搅起多少连篇的思绪

  那时我们是多么的幼稚
  竟读不懂彼此眼中的秘密

一任槐花飘满我们的衣襟
却不知用双手将它捧起

今天我们偶然又在这里相遇
天各一方的你我已双鬓染雪
默默地捧起一掬槐花
只拾得一片逝去的记忆

别了，槐花般纯洁的青春
别了，槐花般芳香的思绪
但愿你记得槐花飘香的季节
友情书香情伴随着槐花瓣飘飞

  吴勇，1960年9月出生，甘肃泾川人，先后在政府机关、煤矿、新华书店、党校等单位工作，现供职于崇信县档案馆，喜爱文学、摄影，著有散文集《槐花飘雪》。

看树记

李新立

我一直期盼,能与意外的美好和神秘相撞。

上次没有,这次呢?

我们从崇信县城出来,朝西而去。过了铜城工业区,左拐,进了坷佬社。坷佬社我前年因事来过。南边的山腰上,散着三四户人家,秋后的麦场已然尽悉装进了粮仓,两个草垛旁边,一棵榆树盘根错节,冠荫如伞,让我有可供稍息之处。这些院落背靠着的大山,黄土地貌,青黄相间,那青的,是杂草树木;黄的,是一坨坨的黄土。这种景象,司空见惯,我不觉得有什么新奇。当时,有人指着朝南的沟口说:"里面有风景。"我朝他手指的方向看去,几棵榆树挤在一起,遮挡住了视线。想必也没有什么。加之时间紧,只好离开。

但我记着这句话——里面有风景。

现在,是真要进去看看。进山的路全硬化了,蜿蜒盘旋,通向不可预知的地方。渐渐,黄土被甩在了身后,两边的山陡峭了起来,我认识的和不认识的树木也浓密稠郁。人的兴奋随情景也发生变化。两旁撒了不多的院落,倚山势而建,院前的杏树,果实红绿相间,斑斑可见。我觉得能在这样一个环境里住上十天半月,真是爽心。但不现实,山里,有不可预知的灾害,加上耕地不多,交通不便,许多人家搬到了山外的新农村,只有个别人家,尚未搬走。这就有三个女子,站在院前的一棵杏树下,讨论着新绣的鞋垫。鞋垫不管给谁，这情景很让人亲切温暖。

左右两边的山夹着一条水，自西向东流去。天气晴好，水清且浅，若是雨天，想必河水定会泛滥，水边东倒西歪的矮小树木和杂草，可做这个判断的证明。河有名字，叫"关河"，也有人说是叫"官河"。不管叫什么，都简单好记，如百姓人家的称呼。叫"官河"也不无道理，相传唐高祖武德元年（618），秦王李世民西征时，就屯兵据守在铜城峡中。

路越来越陡，山越来越高，树越来越密。现在明白了，山是横贯陕甘的关山支脉，在它的腹地，蕴藏着桦树、青冈、椴树等树种，又有麝獐、黄腹角雉、金雕等野生动物出没其中。果然，不时有厉鸟鸣叫声传来，在树梢间回荡，而沿途所见到的不认识的树木，一定有桦树、青冈、椴树了。关山，以雄奇险峻著称。驻足，看见三山手足相连，紧密环抱，崖壁如削，大有"一夫当关，万夫莫开"之势。这里水源充足，如果屯兵打仗，那是绝好的关隘。由此说来，李世民与众将选择此处，以据其险取胜，的确显示出了他们用兵上的运筹帷幄。也因此，又叫"关河"，尽在情理之中。

低头沿北边的石级而上，两侧的石缝里，野草与野花扎根，分明感觉得到它们恩惠般地开启香唇，说着自然界的赞美词。果然，数十步之后，不经意间抬头，有树撞入眼帘。是槐树，是传说中的古槐！我原本以为它生长在悬崖峭壁之上，根如磐石，虬枝飞舞，祥光瑞照，如果不是，也至少在人迹罕至的密林之处，挺拔参天，傲然耸立。但不是。

这，多么意外，多么美好！

这里的地势平坦了许多，占地约五亩见方，只有槐树独自屹立，周围空旷，并无杂树。这棵树很有些年头和来历，据崇信县志记载，随李世民西征的大将敬德，曾在这棵槐树下歇息、操武、练兵。想想，那时距今约莫1400年之久了，如今的槐树，七八个人才能合抱过来，如果敬德当年真在此倚树歇息、操武，率众练兵，想必当时的树冠也十分浓郁，四围也是非常空旷。

也就是说，在唐高祖武德元年，槐树也已经独立千年之久了——经专家实测，树龄竟然过了三千年！

我感叹，一棵树的传奇，就这样与历史风云联系了起来。而又，更称得上传奇的，应当在于它本身所蕴含的神性光芒。

第一次面对这样的大树，内心竟然有些慌乱。身边友人的解说是有条理的，进入我视线的却是散乱的。景象与解说如此不能同步，源自于我要一下子把所有景象装入眼睛的迫切。"树上附生有九种植物"，我却看到的是树枝间有序搭建的鸟巢。有这样一个屹立不倒的家园，与一棵几千年的古树生活在一起，应当是幸运的；"主树干上分生出八个支干，又称八卦树"，我却在寻找隐藏在槐树上的动物，比如松鼠，肯定有，还很多。一棵经历了风雨的大树，应当是弱小者的避难所。

"树身上有几道锯痕"。是的，这次，我的确看到了。它的躯干上，布有几条高低不同的横直线，它们凸起，宛如疤痕。一定不是有人画上去的，也不是有人刻上去的。据说，百年之前，有人把槐树卖给了一位富户，富户便带着人用大锯去放树。一般来讲，锯缝处会溢出潮湿的锯末，流出乳白色的树汁，可这棵树流出的却是红色的汁液。于是，惊恐之下，富户停止了行动。第二天，他们去察看情况时，发现锯缝已经弥合。他们心生敬畏，坚定地认为，此树是不可亵渎的"神树"。

远我们而去的真相，只有古槐知道，大山把它写在了古槐的血液里。我们看不透，只能通过膜拜去努力参解。

我喜欢"弥合"二字。好多人与事物一样，在某种不得已的环境下，去选择疼痛地沉默，并以沉默的方式，接受外来的挑战甚至伤害。"弥合"，并不是本能，它由强大的内在精神构成，以万般柔韧的毅力做支撑，当受到伤害时，默默地去自我疗伤，自我安慰，自我愈合，最后达到自我保护的目的。它所呈现的，只是外在，但这种外在所形成的力量，足以击退比自己还要强大的敌人。向一棵树学习，就是接受自然界赐予人类养心修性的教程。

由此延展，一棵屹立几千年而不倒的古树，人们坚信它具有了"神"的品质，实在可以理解和接受。它能不倒，就有一种活着的信念，它能"弥合"自己，就能护佑仓生。槐树下有不大的神龛，似乎用三块土坯垒成，显然，里面留有不久前来自民间的香火供奉。外围仿树根的护栏，不高，约80厘米左右，上面绑了不少来自民间善男信女的红丝绸。他们是来祈愿的，祈求出行平安、财源广进，祈求祛病除灾、健康长寿，也祈求学业有成、事业顺利，还祈求门户兴旺、五谷丰登，等等。或许，古槐真不能给人们什么，但对古槐的敬重，其实是人认清自己弱小的某一面后，对自然生灵的敬畏。这也是古树讲述给人类的人生课。

没有风，一切安静了下来，我浮躁的心也安静了下来。

在这里，我肯定在心底说了什么，记不大清楚了。好吧，只愿天下太平，人间仓实。

李新立，甘肃静宁人。小说、散文散见于《散文》《红岩》《美文》《作品》《文学界》《文学港》等文学刊物，并收入多个散文年度选本，多篇散文作品被《散文选刊》选载。获甘肃省第五届、第六届黄河文学奖。

华夏古槐王

丁永斌

我们到崇信县城时，已经快中午了。为了再次看到大槐树，我们在县城简单地吃了手工擀面，没有顾忌炎热酷暑的难耐，直接沿着汭河，西向铜城乡关河村而去。通向关河村的路，已经硬化了，但由于坡急弯陡，车速最快只能是40公里每小时。关河村一路，正值盛夏时节，山色深翠，峰润沟湿。庄稼连着树木，野草交错着山峦。每一次拐弯都有不同的景色呈现在眼前。溪流，蝉鸣，飞鸟相伴的山峦，几许散落的农舍，一缕缕炊烟映衬着蔚蓝的天空，让白云停在树端。

崇信大槐树，传说中的华夏古槐王，依旧风华卓绝，苍远巨伟。古槐灰色的主干宛如磐石，深入黄土山地，以两米多的躯体，托起26米的延生枝干。古槐躯体胸围大约13米，得七八个成年人伸臂牵手才能合围。树冠最大直径近38米。在地表与树体结合部位，裸露在地表的根，盘弯错次，半隐半现地深抓大地，支撑着庞大的槐树。槐树占地面积约2.1亩。如果还嫌这些数字抽象的话，我们就用最朴素的语言勾勒她的伟岸：这是一棵已经生长了3200年，大约出生在商朝的古槐。古槐生长在唐帽山半坡一个大约近十亩地的平滩中间。据当地一位老者讲，整个槐树周边地势如同守山灵龟，而槐树就长在龟背上；以前没有封山时，特别是冬天万木落叶，百草枯尽，大地显露真容时，"灵龟背古槐"的景象特别明显。古槐树冠四周伸展均衡，枝繁叶茂。它安静地站在半山平地上，成为灵龟巨大的车盖。我有幸被特许走近古槐树，轻轻触摸它苍老、旷古的肌肤，感受时空与生命结合，赋予历史由远及近的亲和，感悟生命的伟大和渺小。

古槐悠悠，风雨相伴。来看槐树之际，正是盛夏。古槐以博大与悲慈之心，接纳了投奔它躯干的杨树、花椒、五倍子等九种植物在自己身上发芽，生根，成长。松鼠、喜鹊、山鸡等视槐树为自己的家园、驿站，它们在古槐树上生活，嬉戏。古槐成为滋养动植物的大家庭，阻风挡雨，伟岸挺拔。虽然偏居一隅，古槐依然以强大的生命力撼动着人心，它身上的一道道斧伤与锯痕，足以说明它的经历维艰。据当地人讲，古槐曾经一时被人卖掉，但由于树身巨大，卖家所带工具有限，在斧砍锯割之后，古槐却没有倒下，人们准备第二天再接着砍伐时，发现古槐树前天砍开的伤口正在愈合，伤口处还渗出一道道鲜红的血液。卖家被这血红所震慑，坚信古槐已有灵性，成为神木。此事传及乡民后，前来烧香拜谒者越来越多。无独有偶，相传，唐代名将尉迟敬德西征时，途经古槐，拴马树下。他感觉征战取得意想不到的胜利是因为冥冥之中古槐给了他神秘的力量。

其实，人们敬仰、谒拜槐树，绝对不是偶然的。看着古槐树护栏上挽了一面又一面的软匾，天下树木万千，为什么槐树能独享此荣？

人们对槐树的敬仰，最早在什么时间，无以考证。春秋时的齐景公可谓古代"槐痴第一人"，当之无愧。据《晏子春秋》中说："景公有所爱槐，令吏谨守之，植木县之，下令曰：'犯槐者刑，伤槐者死。'有不闻令，醉而犯之者。公闻之曰：'是先犯我令。'使吏拘之，且加罪焉。"《尚书》记叙了槐树在官方礼仪中的重要地位："太社唯松，东社为柏，南社唯梓，西社唯栗，北社唯槐。"既说明古代先民视万物有灵、天人合一、自然共存的辩证思想，也表明树与人类在生命成长中彼此依赖、不可分开的关系。相传，周朝宫廷前种植三棵槐树，喻在三公朝见天子，佐王辅政。《后汉书》

记载更把槐树推向一个象征官贵显达的载体,"槐是三公之象,贵之也"。

槐树成为文化人崇仰的树种,源起"槐市",槐市,一时成为天下读书人聚会、贸易的文化市场。北周庾信有诗直言:"绿槐垂学市,长杨映直庐。"

到了隋唐,科举从政打破了保荐与世袭,赐官入仕制度之后,这象征着文化与财富之神的槐树,更加成为天下读书人崇拜、敬仰的载体。科举考试关乎士子的功名利禄、荣华富贵,士子们借此阶梯而上,博得三公之位,这是他们的最高理想。因此,古代常以槐指代科考,考试的年头称槐秋,举子赴考称踏槐,考试的月份称槐黄。唐李淖《秦中岁时记》载:"进士下第,当年七月复献新文,求拔解,曰:'槐花黄,举子忙'。"是说唐代京城长安,落第的举子们六月不出京城而闭门苦读,作新文章,请人出题私试。当槐花泛黄时,就将新作的文章投献给有关官员以求荐拔。北宋黄庭坚诗云:"槐催举子著花黄,来食邯郸道上粱。"

我也深信,崇信这棵古槐树,没有受到士子们的礼遇,也没有在官宦与子民当中得到庙堂的崇敬。在3200年的岁月蹉跎中,静守一方,与山民做伴,默默无声地隐居于关河村,俯瞰着日出日落,人史更迭,以溪流为琴,以山风为歌,以百鸟野兽为伴。如今,在资讯高速发展的今天,它才姗姗而来,走进人们的视野。在当地政府的关怀下,槐树迎来新的时代:周围设置了栅栏,禁止攀爬、烧香,以防不测。站在古槐树下,发思古之悠情,觉得上天造万物于世间,并非位列三公可保世代富贵。文种居功索名身处朝堂,可谓一人之下,万人之上,倒落得身首异处。辞庙堂显达而隐居市井商海的范蠡,却寿终正寝。秦始皇想着缔造万世基业,没想到只传二世,只传15年时间,已经灭亡。生长于市井都城的树,虽然常常得到文人、子民、朝堂的礼遇,但战争的烽烟往往以都城为攻击目标。攻城略地之后,生灵涂炭,古迹与树木都成了掠杀对象。所以,对这棵生于深山僻壤的槐树来说,生存环境的安逸成了它茁壮成长、仙寿恒昌的原因。

丁永斌，甘肃天水人，天水市诗歌学会秘书长。

崇信古槐王拜谒笔记

樊晓敏

> 早听说崇信县有一棵三千多年的古槐,号称"华夏第一槐",只是在宣传旅游的图片上见过,不识庐山真面目,只缘身在远山中。2012年8月8日,应邀参加完崇信县历史文化及旅游产业研讨会之后,我和一群专家教授、同仁沿县城向西去拜谒,有幸目睹其真容,也算不虚此行啊!故作文以记之。
>
> —— 题记

崇信,因取崇尚信义而得县名。

出县城向西,沿崇信到铜城的公路行走,大约20公里左右进山,又在颠簸的石子路上行走,只见有几个沙石厂,在沟口沿溪水边生产,轰隆隆的机器声,显示着这里的不同凡响。亿万年以前的这里,肯定也是海底世界,所以这里的沙石,积堆成山,天然形成,有点露天沙矿的味道。除了进出的拉沙车辆轰鸣着穿行而过,很少有人行走,只在沟口、在半道,才见到有零散的人家居住。

我们有惊无险地穿行,很久没走这样的沙石路了,所以极不适应,遇到颠簸大家都差点叫起来。路边开着许多野花,最为显眼的是野棉花,花白而带粉色,腰杆挺直,有花蕾含苞待放,像一个顽皮的农村小孩子半张着嘴,惊讶地望着我们这些急行的人。据说，困难时期，人还采摘过它，用来代替真的棉花，虽然它和真棉花差得很多，但还是能遮风御寒。因此，我对它便敬畏了许多，中途还提议下来拍照。大家纷纷响应，可见文人的感情十分脆弱，也十分相似。这里的山势变化较大，进沟入山，由小土丘小山包，而分列开来，是那个馒头形的山丘，呈一字型，由北而南排列，山上并没长多大的树，有草遮掩。我估计这里以前肯定是原始森林，山底下很深处，肯定深藏有煤。

拐过七八个弯，一路慢上，在一个山脚停了下来，有人指道：快看，那就是古槐王！

我连忙下车观看，只见一座巨大的槐树，气势雄伟，挺拔高大，根深叶茂，冠盖似云，蔚为壮观地站立在我的眼。它的树干上挂着红被面、小布条，树根处有砖垒起的香案，明显有人在此烧过香表的痕迹。它的树冠极像一只大伞，树枝伸展而出，虬枝条像盘龙状，树根有突兀处的枝蔓，深扎入地下，突出来的像树的肋骨。树干得有七八个人环抱，站在树下，望天几乎密不透风。我想下大雨的时候，站在下面躲雨，也是不成问题的。在这里，不得不佩服槐王具有的旺盛生命力！

据当地林业部门测算，这棵槐树已有三千两百岁，掐指说来那就是商朝后期了。在此生长，经风见雨，它见证了地球、人类变迁三千多年，在华夏大地真无有它槐树能出其右了。相传唐朝大将尉迟敬德曾拴马于树下。更为奇特的是树上寄生着杨树、花椒、五倍子、小麦、玉米等九种植物。

绕树三圈，观其丰姿，盖因其所处地域甚佳。主干分八大主枝，故此槐又被称为"八卦槐"。树正西方有一馒头型巨山作后盾，背面来风来雨，甚至雷电，因有山高遮护，大树往往幸免于难；再向东看，有一绵延山脉，郁郁葱葱，人称唐帽山，也遮掩了来自东面的风雨，它们使大树在这里休憩，且雨水充沛，周围再无其他丛林，分享其营养，树周围都是开阔的田野，即使北面来路的村庄，也人烟稀少，没有对大树根系造成破坏。这恐怕是槐树王得以生存的根由。旱年不怕水土缺少，涝年又无水患侵袭，远离河渠、洼地，水路清晰。因有大山佑护，雷电也无法殃及槐王树冠。再者树干虽有敞开之处，但包裹甚深，未见虫蛀蛇穿、腐朽之木。观之其叶甚密，枝条有干枯者，自损其枝，自然脱落，无人工破坏的痕迹。这恐怕是树仍年轻，似在壮年的真正伟岸了。因而，称其槐王是再名副其实不过了。

当然，最说明问题的，还是这里为深山老林、人迹罕至之所，昔日的战争也罢，毁林造田运动也罢，古槐都幸免于难，这是因为崇信人民诚实守信、淳朴善良的民风延续了它、庇护了它。它更是崇信人脉的象征，中华民族锲而不舍、生生不息生命力的象征。这里真像世外桃源了。

据说，这树发现于1992年，当时的甘肃省人大常委会副主任姚文仓参观后曾赋诗一首，曰："陇上有古槐，独立三千秋。气吞雪山白，枝叶覆九州。"现勒石于树下，但估计考虑破坏槐王根系的缘故，没有树立，但让砖平铺起，供人欣赏，这也不失一种另类的保护啊！足见崇信人的淳朴、憨厚，这东西要放在其他县份，不知要变成什么呢？中国最具盛名的山西洪洞县大槐树，老树早已枯败，所幸近年又新植新树，据说已成参天大树了。

拜谒完毕古槐王，大家就其保护各抒己见，但我想说，最好不要把它变成景点，让它就这样原生态生长着，有人看管就行了，大面积的介入，会破坏它的生态链条，就别惊扰它的美梦了。人迹罕至，物欲勿扰，我想已经是最好的保护了，大槐树肯定千恩万谢了！

什么命名，什么大张旗鼓的宣传，都是对其变相的损害！

我双手合十，默默对古槐王说：您就这样千秋万代生长着，枝繁叶茂，生生不息，这就是中华民族魂的象征，不媚俗，不追求，不攀比，不奢求，无丝竹之乱耳，无车马之喧嚣，无为而为，无为而生，有何不可呢？

要做大树，先从根做起；要做大家，先向槐王学习。时间是最公正的裁判。

　　远离尘嚣，根植土地，与世无争，才是槐王长寿的谜底。

　　樊晓敏，甘肃省作家协会会员，泾川县文联主席。

古木凡心

尚元

真正令华夏古槐王声名鹊起是近二十年的事情。之前，它隐居深山，鲜有人问津。

崇信县锦屏镇的孙家峡地处五龙山以南，谷内纵深处有个名叫关河的小村落，在20世纪80年代的鼎盛时期，村子里也只有三十多户人。此地偏远幽静，据村里人讲，在柏油路尚未贯通之前，从五马沟口入山，须转行九十九道弯。而那时候山路简陋，一无机械开掘，二无人工罩面，每遇春秋淫雨，黄土翻浆，泥泞难行。最好的交通工具是摩托车，汽车往往受阻不前；其次是自行车；再次是骑马或步行。村民们出山赶集，脚上穿着雨靴，手里卷着布鞋，一步一滑走完十公里黄泥小道，然后在溪水里濯足，方才更履上街。返程亦是如此。从关河村往里走，两山合拢，当地人称樱桃沟，是故仲夏时节遍地的野生樱桃而得名。若再前行数里，可见一处五米落差的断崖，其上不知何年何月被人凿下了"古栈飞瀑"的石刻。更深处巉岩岑参，怪石嶙峋，林木苍莽，禽兽隐匿，只见溪水出焉，不见人迹踏至，或已达六盘山腹地。

时至今日，古槐蔚然屹立，但关河却已整村搬迁。这里修建起了仿古栅栏、停车场以及富有陇东民俗特色的地坑窑洞展览馆，沟口处还加装了一道收费限行的交通闸。古槐受到保护无疑是一件令人欣慰的事情，它需要耳根清净的修行，更需要人类守望相助的关照。它太古老了，几千年来，多少个日日夜夜，暗蓝的苍穹之上星云飞转，寂寂的山野之间苦雨无期，或逢雨雪冰雹，或遇火烧雷殛，它都不染铅华，与世无争，守着一方宁静的乡土，与农人为伴，与草芥为伍，最终长成一株参天巨木，一经世出，便是冠绝华夏的姿态。

我深以为，但凡存世的古树名木都是极幸运的，盛世的歌舞升平与乱世的兵燹狼烟对生命的戛然消亡同样构成威胁，除非强大到令人顶礼膜拜的程度，可即便如此，谁也不能保证在历史的长河里一株树能够幸免于难。它们要么生长在宫廷寺院，世受恩宠，要么生长在深山密林，根植丰壤，能有后来惊世的成就，莫不受益于某种力量的庇佑，而避祸少灾的自然生态无疑是决定性的。

放眼全国，邯郸涉县的固新古槐和故宫武英殿的"紫禁十八槐"都享有盛誉，但最能让中国人产生情感共鸣的非山西洪洞大槐树莫属，它是移民后裔的根脉所在。民谚道："问我祖先何处来，山西洪洞大槐树。问我老家在哪里，大槐树下老鹳窝。"此事过往不久，尚有清楚考证：朱元璋建立明朝政权之后，因连年战争，中原大地满目疮痍，于是采取了户部侍郎刘九皋的奏议，开始实施移民屯田的战略决策。从洪武初年到永乐十五年50多年的时间里，先后组织了8次大规模移民运动，涉及18个省490多个县市882个姓氏。因为当时晋地社会相对安定，风调雨顺，人口稠密，晋南的洪洞县便成了移民的首选之地。在8次移民中，有7次是在洪洞县广济寺下集合民众，造册发响，然后强令上路的。所以刚开始，在几代移民的记忆里，广济寺里的那棵古老槐树就成了流民与亲人诀别之时烙印在心中最后一眼家乡的风景。

到了新的地域，也并非想象中的那般贫瘠，于是众人选择适宜的地点栽上一株槐树，随遇而安便成了生活唯一的选择。若干年后，当有人在五龙山下看到这棵千年古槐，离别之景或者祖辈们口口相传的故事场面是否油然心生？当年的人们是被一条绳子捆住双手押解过来的，路途之中如有内急，需申请解手，后来"解手"一词就有了如厕的特殊含义。而有的人，即使放归四野，重获新生，也会不自觉地背起手来行走。这种动作渐成习惯，似乎也渗入了血脉与基因。

崇信境内有众多体型巨大的古槐。在这些众多的古槐之中，无一能与关河古槐相提并论，即使位于铜城庙台天下总督城隍庙内的唐槐也难以望其项背。向上追溯3200年，古槐生命之初正值商王朝的全盛时期，巧合的是，在这个时空里一位名叫公刘的周族首领带着他的子民由邰迁至豳京，于芮鞠之地教民稼穑，发展生产，短短的时间内部族势力空前强大，势力范围从泾汭河流域扩展到渭河。公元前1044年，公刘的十二代孙武王姬发起兵讨伐商纣，赢得牧野之战，成就了周王朝等级森严的八百年丰硕基业。《周礼·秋官·朝士》中记载："朝士掌建邦外朝之法。左九棘，孤卿大夫位焉，群士在其后；右九棘，公侯伯子男位焉，群吏在其后；面三槐，三公位焉，州长众庶在其后。"意思是面见周天子时三公九卿以及各路诸侯要找准自己的位置，三公面朝三槐而立。可见在当时的精神文化领域，槐树已成为一种特定的符号受世人尊崇。

那么，古槐的树龄与"三槐九棘"的周人礼仪仅仅只是时间上的巧合吗？3200年，横跨了大半个华夏文明史，山中岁月静好，但也险象环生，时光波澜不惊，却也偶生涟漪。古槐的命运真正迎来考验的是安史之乱以后，因朔方、河西、陇右边军内调平叛，吐蕃乘虚进犯大唐，攻陷陇右诸州。六盘山以西大好河山沦陷，五龙山一带作为大唐和吐蕃势力角逐的前沿哨所，第一次被推上了历史舞台。公元787年，陇右节度使武康郡王李元谅在距离古槐20公里处的锦屏山下筑崇信城，抵御蛮夷番邦东进。这场旷日持久的对抗前后拖延了近百年，五龙山上至今还有打鼓台、绕旗山、鞑子营等战争遗迹。据村民们讲，民国时期孙家峡一带尚有野生牦牛，经常下山毁坏庄稼，当时的县政府不得不派出保卫团搜捕击毙。这些牦牛就是当年吐蕃运送物资放归山野后逐渐繁衍下来的。那时候古槐毫无疑问暴露在交战双方的眼皮底下，然而它却以凛然的气势逼退了一支军队想要对它的屠戮，最终化险为夷，没有变为一堆燃烧的篝火。

越古老，越美好，这需要多大的自信与实力？处江湖之远、山野之外的恩怨情仇与成王败寇让这棵千年古槐笑看世事，愈加风轻云淡，历久弥坚。

在崇信，人们热衷植槐，除了表达移民怀祖的情感，更多是对槐树寄予的美好期待。翻开《说文解字》，对"槐"字的解释是："槐，木也，从木，鬼声。"槐为木中之鬼，树之精灵，在古人看来常常神奇异常，有吉祥富贵平安长寿的寓意。魏文帝曹丕的《槐赋》中有"大邦之美树，惟令质之可嘉，托灵根于丰壤，被日月之光华"的溢美之词。唐朝诗人白居易也有"黄昏独立佛堂前，满地槐花满树蝉"的诗句。本地乡民中流传着一首歌谣："门前一棵槐，槐上挂金牌，娶妻生贵子，升官又发财。"这些都是对槐文化崇拜的有力证据。

或许因为槐树是公卿的象征，槐便被赋予了更多含义。最早槐代指宫廷官府，西汉时人们称其为"槐衙"。渐渐地，在"学而优则仕"的传统影响下，槐的意义扩大，下沉民间，读书人聚集的地方称为"槐市"，还以槐借指学宫、学舍。自唐代开始，科举考试统揽天下人才选拔，"朝闻田舍郎，暮登天子堂"就成了读书人梦寐以求的理想。一旦金榜题名，便可衣锦还乡，因此常以槐代科考，考试的年头称槐秋，举子赴考称踏槐，考试的月份称槐黄，唐人李淖的《秦中岁时记》中就有"槐花黄，举子忙"的描述，可以想见当时举国应考的繁忙场景。

读书人的事是讲不完的，有多少得意或失意的莘莘士子，就有多少关于槐的灼灼诗篇。几千年历史，唯有东坡"粗缯大布裹生涯，腹有诗书气自华，厌伴老儒烹瓠叶，强随举子踏槐花"的诗句分外令人心动。

三千年读史，不外乎功名利禄；九万里悟道，终归于诗酒田园。

我们所图甚多，而我相信这棵千年古槐站在先周的故地上，纵然有过一场盛世文明的滥觞，但它却从未入得尘世一步。这该是多远的一次轮回呢？

尚元，现供职于崇信县委宣传部。

树王

刘杰

  树王的名声在十几年前就已经听闻了，只是缘悭，一直无由相见。
  2016年暑假的一天，突然萌发了拜谒树王的念头，就和好友、诗人，崇信县文联主席闫小杰联系，倾诉了我的愿望，兄弟情深，闫主席一如既往的热情，约定了相会的地点，就怀着好奇之心去拜见传说中的树王。
  闫主席在铜城等候，碰头之后，由他做向导，直奔目的地。
  路是新油筑的柏油路，随地势曲里拐弯的，临近之地，坡陡弯急，算是对来访者的一个考验。车子爬上一个陡坡，眼前出现一块平坦，平地之上，矗立着一棵硕大的槐树——这就是树王了！由于天气酷热，再没有游人，是我们打破了这里的寂静。我肃立良久，凝视这棵罕见的大树：约2米高的主干之上又分八大主枝，所以这棵古槐又称"八卦槐"，树高26米，占地1300多平方米，历经数千年的风霜雨雪，雷击电劈，甚至还有人为的伤害，依然枝繁叶茂，冠盖如云，浓阴匝地，气度不凡。闫主席说凡来访者，都要绕树走两圈，以求吉祥。我们就围着树王走了两圈，祈求好运降临。早先来人可以和树王零距离亲近，据说要七八个人拉着手才能合拢，随着树王声名远播，慕名而至者日渐增多，地方政府就把此地纳入旅游规划，不仅将此地农户移民他处，还在树王外围设置了水泥护栏，使游人只能远观而不能近前了。

由于一朋友突然间有事，我们只好匆忙离开，做了一次蜻蜓点水式的造访。

世上的事就这么奇怪，未见之时，只是一份好奇心，见了却未能细观，不仅心存遗憾，还是一种心理的煎熬——时常纠结于对树王的牵挂，想更明白地做个了解。好像男女瞅对象那样，一见钟情却未能长久相处，急切渴盼着下次的相见。

2017年暑假的一天，一位好友突然相约，说是去看大槐树，虽然我正忙着一件事情，还是很干脆地答应了。因为去年意犹未尽，今年正好再去尽兴。

树王依旧，葳蕤葱郁，不同的是，保护树王的水泥栅栏上缠满了红色的绸缎被面子，那是前来拜谒树王的善男信女所为，他们把树王已经视若神灵，心里揣着这样那样的企求前来，送上一条被面和三个响头，将心愿托付给树王，期冀能够如愿以偿，最起码也是心灵上的一个慰藉。那些被面，层层叠叠地缠绕着，下面的经风吹日晒雨淋，已经褪色泛白，上面的光泽耀眼，衬托着饱经沧桑的树王。旁边的民俗村建设也初具规模，只是空落落的寂寞着。虽然烈日当空，游人还是陆续而至，惊叹一番，绕树一圈或者几圈之后，照几张相离去。也有在树王旁边小憩的，或是亲密偎依，或是喝啤酒显摆，不一而足。

根据现有的资料表明，这棵古槐树的树龄在3200年，到底哪一个说法精准，不得而知，有一点是肯定的，这是迄今为止中国大陆上生存时间最长的槐树！

槐树不择土壤，适应性强，容易成活。但是随着生长年代的久远，有的会被人砍伐派了用场，有的会因为自然的原因死去，像甘肃省崇信县锦屏镇关河村境内的这棵树王，历32个世纪依然生机勃勃，风采依旧，真是个奇迹！仔细端详一番，静思片刻，也就释然了：首先是偏僻的环境，之前这里的交通阻塞，外人很少到此；其次是槐树本身就不成材，无论是修房盖舍还是做家具，它都不能入木匠之眼，就是砍了烧柴，两米的主干满身疤痕，要劈开不费一番大力气是不行的，就像竹笋落择而成参天修竹，丑石因其丑陋不规则被石匠冷落；最后就是人为的庇护，神话的传说，使得偏僻一隅的槐树安安稳稳地生长了这么多年。说到底，是偏僻和缺陷成就了树王，正应了我国的一句古话：祸兮福所存！

随着社会的发展，人们生活的日益富足，高楼林立的城市再不是唯一的向往，喜欢猎奇的，喜欢跟风的，就会到偏僻的地方寻求新的发现，这不，深藏山村的树王不就被发现了吗？树王的发现，不仅仅是我们有了一棵"华夏古槐王"，还给当地旅游业一个发展的契机，给那些心存愿望的人一个寄托之处，给慕名而至的文人墨客一个素材……如此诸多好处，确实令人欣慰。

树王逢盛世，必将更葳蕤！

刘杰，一级教师，甘肃省作家协会会员，发表文学作品三十多万字，著有散文集《三友行吟》。

我是一棵树

梁云荣

一

这世界，我来过。

前世，我是一个直立行走、有语言有思想、生育能力正常的高级动物。自降临人生，我就急急匆匆磕磕绊绊跟跟跄跄地一路狂奔。在几十个岁月的流离颠沛中，哭过笑过痛过害怕过舒服过消沉过留恋过超脱过，心有不甘但又无可奈何地挨到了人生的终点、我最后的归宿——坟墓，在我挥洒了一生汗水的肥沃土地上，拱起了一个样子好似句号的圆圆的、新鲜的黄土堆。

接下来，我顺理成章地见到了上帝。上帝并不是我生前冥想的那种凶神恶煞、伟岸挺拔、英气逼人的霸主样子。上帝是一个干瘪瘦小灰不邋遢的小老头。我见到他时，他正背靠着一棵核桃树，半蹲半坐吧嗒吧嗒地抽着旱烟。上帝的样子，让我感到莫名的亲切和温暖，还有——酸楚。

我对上帝这个瘦小可爱的老头说，上帝老人家啊，我来了。我想来也得来，不想来也得来。我先把上世为人的体会和感受向你做个简单的思想汇报吧，不妥之处，请您老多多批评指正。上辈子，我做过好事，也干过不少坏事；我勤劳而自私，狡诈而愚蠢；慷慨仗义过但也落井下石过；乐不思蜀而又肝肠寸断过；刻骨铭心而又蹉跎荒废过；我负过人，别人也抛弃背叛过我……总之，一切的一切，我觉得，自己已经心力交瘁不堪忍受。本次轮回，你老人家能不能格外开恩，让我在下辈子，不以物喜不以己悲、大彻大悟坦荡磊落、刚劲无欲、胸纳百川，不动摇不屈服不避艰险不求回报地冷眼向洋看世界啊……"

在我絮絮叨叨的过程中，上帝烟锅里的火星明明灭灭，时不时翻起他那平静睿智而又狡黠的、一掀上眼皮就白多黑少的小眼睛瞅我一下。

上帝这个小老头，终于过足了烟瘾。在脚下突兀嶙峋的树根上，干脆利落地磕掉烟灰，干脆利落地咳了几声，直起佝偻的腰身，不容置疑地说："你，去做一棵树吧……就这，我走了，我很忙，很多事还等着我处理呢……"

二

于是，这世界，我又来了。

天和地这对情人，还是保持这种不远不近的距离。亘古不变的距离，使他们的爱永远天长地久。山仍然默立无语，义无反顾地扮演着他伟丈夫的角色；水，依然缓缓东流、一路欢歌奔向大海的浩瀚幽深。春草年年绿，江山依旧如此多娇，引诱无数英雄相继更替折腰……

我是一棵树，刚劲凝重、霸气十足，而又稳重豁达地伫立在大地上。

我已守望百年，坚守百年。

我的腰身挺拔粗壮，我的绿叶肥硕华丽。

纵横交错而又条理分明的树枝，是我抚摸阳光，承接雨露霜雪的触角和巨手。我的巨臂如利剑，直插高空，在体味遥不可及的孤独的同时，又贪婪地分割蓝天，割据空间，霸占阳光，吞吐新鲜空气。

我是一棵树，我向蓝天永无满足地索取，又向大地心甘情愿无怨无悔、永无休止地奉献着婆娑的绿荫、惬意的凉爽、踏实坚固的庇佑……这是我的宿命，是我的本质。是我，做树的原则和底线。

三

我是一棵树，我俯视落英芳草、南来北往；我迎接四季交替，风雨雷电；我静看日出日落，以及苍茫大地上的生生死死悲欢离合……

那一天，在我目所能及的远方，迤逦走来一个步履蹒跚的老汉，一个黄发垂髫的小孩，还有一头长着丑陋大板牙、笑声尖锐刺耳的灰色小毛驴。他们三个，据我推测，是到五十里以外的小镇赶集归来。在七月的似火骄阳中，所有的绿色仿佛到了生命的最后一刻。他们看见了我浮云一样的树冠，就像长途跋涉的骆驼看到了绿洲一样喜出望外。他们大汗淋漓气喘吁吁地来到了我的身影下。老汉把毛驴拴到了我低垂的斜枝上，软不沓沓地靠着我的树身舒服地溜坐了下来。那个黄毛小儿却顿时没有了刚才的疲惫与萎靡，兴奋得手舞足蹈，用他稚嫩绵软的小手，一遍又一遍地摩挲着我坚硬粗糙的树皮，张开的胳膊，以臂作尺，想丈量我粗笨的腰围。我感受到了小孩温暖的掌心及他身上迸发出来的、不可抑止的蓬勃生命力。

我微微笑着，竖起耳朵聆听他们祖孙俩的对话：

"爷爷，好大的树啊，长这么高，长这么大！爷爷，爷爷，这棵大树几岁了？他老了吗？他会死吗？"

爷爷吭吭哧哧地咳嗽，把发黄黏稠的浓痰费力地吐到我的脚边。老汉说："爷爷的球蛋蛋娃，爷爷的打心锤锤子哎，这棵树高是高、大是大，但已经老了，他的皮和爷爷的皮一样松弛，它的树枝和爷爷的胡子一样越来越多。这棵老树不久将会和爷爷一样，被埋在黄土里，化成灰，变作烟。虽然它和我一样都年轻过、都能吃能干、曾经风里来雨里去。万事万物，都有寿数都有劫数都有结束都有极限。可是你，我的宝贝疙瘩孙子，就像一颗刚钻出泥土的嫩芽芽，太阳会照着你，月亮会宠着你，妖魔会躲着你，你会慢慢长成树苗，长成参天大树的……"

小孩歪着脑袋静静地听爷爷的唠叨，漆黑的眼珠盯着我的枝叶，纤尘不染的心中，可能升腾起了对长大成人的渴望与憧憬……

他们歇息片刻后，又继续前行。那头蠢驴养足了精神，厚嘴唇下流着涎水，对我枝头的嫩叶跃跃欲啃。它心生诡计，拽扯缰绳，拉低树枝，狠狠地嚼了几嘴。在离开时，看中了我坚硬、棱角粗糙的树皮，使劲蹭了蹭灰不拉叽的驴皮，然后就地酣畅地打了几个滚，卷起黄尘一团，留下了几声能戳破天空、能使小溪倒流的嘎嘎驴叫……

四

我是一棵树。我有感情。但我把我的感情静静地隐藏在默默的生长、繁衍、守望和伫立中！

我从来没有停止过思考。

我把我的双脚——树根，竭尽全力肆无忌惮地伸进大地母亲的怀抱，来获得温暖，来汲取养分。我的树冠有多大，我根所覆盖的面积就有多广。我知道，只有根大须深，才能扛得住狂风的调戏与诱惑，才能禁得起雨雪雷电的压制与袭击。

我和白云，都深深地眷恋着蓝天的广袤与博大，每日里我们若即若离地相依顾盼，脉脉中含情，无语中心灵相通。树，遐想着云的飘逸；云，渴望着树的沉稳……

又是夏天，好多回忆和念想总是恰如其分、挥之不去地在夏天的绿色中蔓延。

那天，午后的太阳拼了老命地炙烤着大地，干涸的大地在冒烟，焦黄的麦穗仿佛就要灼烧起熊熊火苗。一个农妇，一个健壮丰满的农妇。挺着两只被汗水浸透后轮廓分明的乳房，在金灿灿的麦地里，擦了把汗放下了镰刀，步履轻盈地向我的脚下奔来。她刚生产了小孩，满月后，精神抖擞地跳下炕，由一个青涩少女变成了眼前容光焕发麻利能干的少妇；在自身刚孕育了一个鲜活生命的同时，又赶来参加这一场粮食收获的盛宴。她挥舞着镰刀，听着小麦倒地的沙沙声，牵挂起了炕上摇篮中那个肉肉的粉红可爱的小宝贝。立刻，胸前的奶，胀得生疼。

她来到我的树荫下，做短暂的休憩，在凉爽宜人草叶清香的树干前，掀起衣襟，掏出两只折射着洁白阳光的、沉甸甸的乳房，摩挲一圈，手指向前撸动，于是白花花的生命之汁溢出、喷射在我皱裂黝黑的树皮上，少妇一边挤，一边低低地哼起一首做闺女时、一想就脸红耳热的歌谣……

可爱的女人，你肯定记不起我了。你的上一辈子，我还为你在暗夜流过同情的热泪呢。上一辈子，各种各样错综复杂的原因，使你沦落成一个妓女。一双玉臂千人枕，一点红唇万人尝。你人前强颜欢笑，你独处时黯然神伤。和所有女人一样，你渴望爱，渴望温暖，渴望男人真诚宽厚的怀抱。一个穷酸潦倒的瘦弱秀才，毫无缘由毫无预兆地走近了你，闯入了你自以为刀枪不入、坚似铁壁的心灵。你恋着他，你把在别的男人身上得到的钱毫无保留地装进了这个男人的褡裢。你幸福地认为，你们俩，就是民间故事中的郎才、女貌，才子、佳人！但，他还是辜负了你。就在那个月色惨白的夜晚，就在我的脚下。在你红颜零落香消玉殒那一刻，那个男人又在另一个妓女的脂粉气息中，重演着和你完全一样的开始、发展及高潮……在离开这个炎凉人世时，你说，来世，不做女人，宁肯相信这个世界上有鬼，也不相信男人那张破嘴……但上帝，那个慈祥而又狡黠的老头，他真是太聪明和周到了，他合理、漂亮地设计了你的今生。

看，现在你辛苦操劳着，但又在奔波劳碌中幸福着。麦地里那个坚实脊梁上滚动着汗珠的黑脸汉子，是你的男人。他像痴爱土地一样无怨无悔地爱你；他不辞辛苦不厌其烦地耕耘着土地，耕耘着你的身体；他全力以赴地眷恋着土地眷恋着你。我知道，你这一生，是幸福的是快乐的是满足的……

五

  我是一棵树。我站在岁月的流逝中。我站在脚下一切无法回避、亦不能回避的过去与正在行进的现在中。

  我依旧默默，一直无语。我把我的感慨、经验、体会和结论，记载在我一圈一圈的年轮里。我的年轮是我的骄傲，我常常这样想。我的枝枝叶叶、我的树身树干，我的树根毛须，就是一部活的历史……

  大地上，赤焦千里，饿殍遍野。很多人，把饿得发绿的眼睛不约而同地投向了我。于是，黑压压的人群一拥而上、不分白昼暗夜。顷刻之间，扒光了我的树皮，撸光了我的叶子……

  树皮磨作粉，树叶被盛在篮子里放到水中拔涩后，煮到大锅里填进了大人小孩无底黑洞似的嘴里……我是一棵树，我身体里涌动的汁液是我的鲜血；我的枝叶是我的儿女，是我的贴身小棉袄；我有痛感也会流泪。那时，我奄奄一息，在寒风中冻得瑟瑟发抖。但我仍然不后悔、很自豪：我救了这么多人的命，就算马上枯萎死亡，也值！

  我救了全村人的命，我没有孜孜以求他们的回报和尊重。我只想让他们现世安乐，珍惜享受这短暂的生命……

  有一天，一群穿得破破烂烂，但意气风发的年轻人拿着大锯、大斧，甚至扛着炸药包，风风火火站在我的脚下。他们抬头打量，讨论着从哪里下手。指手画脚争来辩去以后，他们决定在我根上挖坑，放炸药包，想在一声巨响后，把我连根拔起——因为我太大了。

  这时，一位瘦小赢弱的老者大步赶来，匍匐下身体紧抱住了我的树干，痛哭流涕地说："这棵老树，比我们未知的祖先还老啊！长成这么大、这么高，太不容易了。这不是一棵普通的树，长了这么多年，早就有灵性了，砍它伤它，老天会动怒的……再说，它救过我们全村老小的性命，你们还有没有良心？这棵老树长在这里几百年，先人都没动过他，先人是好先人啊……现在，你们这些不肖子孙，要想砍他，就先砍我，要想炸他，先炸我！"

看着老人在秋风中飘拂的白发，我的心里，前所未有的温暖。我不由自主地又想到了上帝，那个瘦小慈祥衣衫褴褛的小老头……

呵呵，由于老人的坚持和抗争，我，一棵老树，在荒原上又伫立到了现在。当年，那个叫嚣的最厉害的、想要用炸药把我连根拔起的三拐子，已经死了几十年了。我依旧枝繁叶茂、苍翠挺拔。但他，可能骨头朽得连鼓也敲不成了……

六

我是一棵树。命中注定，我无法挪动。但我对疾驰和奔跑却由衷地欣赏和向往。我喜欢一切有四肢、能跑善跳的昆虫和动物，我喜欢肌肉暴突、张合收放时的那种力与美！

我常常伫立在高处，眺望远方。我看到，丛林深处。一头华丽健壮的美洲豹，身体柔韧且矫健。它一跃而起奔跑时，流畅的身姿像一张蓄势待发的满弓一样协调而有张力。它在一望无际的草原上一路狂奔，生殖器因为激烈运动而勃起……

七

我是一棵树。在月黑风高的夜晚，我看到了三个扛着蛇皮口袋的人鬼鬼祟祟地从我身下悄悄溜过。他们的身上交错散发着新鲜泥土的气息和腐烂尸骨的恶臭。我明白了，这是一伙盗墓贼！

他们刚刚刨坟弃尸、劫掠归来。

在前方坎塄下，我看见了狼藉的土堆和杂乱四散的森森白骨。一个坟坑前，一个老鬼在掩面痛哭，抽抽搭搭哀怨悱恻。另一个坟堆上，一个长发青面獠牙鬼，暴跳如雷，一声呼哨，唤来十五个无头小鬼，小鬼叽叽喳喳相互推搡打闹。长发鬼黑手一指，那十五个小鬼兵分三路，化成三股红烟。一股从我的头顶掠过，另外两股避开我阳气蓬勃的树枝，从两翼倏忽飘飞。三股红烟钻进了三人鼓鼓囊囊的蛇皮口袋……这样的场景虽然阴森恐怖惊心动魄，但我已经经历了好多起。我无法制止也不愿制止。抬头三尺有神明，地下三尺有黄泉。人有人道、树有树道、鬼有鬼道。幽冥阻隔，人不犯鬼，鬼，何苦害人？……

　　秋季，阴雨连绵，我的树皮黑湿坚硬如冷铁。一只不辨毛色的脏狗，黑色的鼻尖上冒着热气，这里闻闻，那里嗅嗅，无意中闯入了我的领地。我繁茂的枝叶仿佛一把大伞，我的脚下甚至有斑驳的黄色干土……我思索着，这是一只流浪狗吗？这是一只被主人赶出来无家可归的丧家之犬吗？

　　这只不辨毛色的脏狗，哆哆嗦嗦地跑到了我的巨伞下，收紧全身松皮，像打尿战似的，剧烈地抖了一下从头至尾的乱毛。抖落下了身上的泥水和毛孔中的狗腥气，于是这家伙就立刻惬意和舒坦了。它重新变得精神抖擞，绕着我的树身转了一圈，没有发现充饥的食物和有趣的玩意，它准备失望地离去。在离去时它心有不甘地、好像恶作剧似的，跷起肮脏瘦弱的后腿，露出荒诞怪异的"祸根"，痛快淋漓地把一线狗尿，滴滴答答地浇到了我的脚脖子上。然后仿佛濒死似的打了一个冷战，夹紧尾巴，缩着狗头，像强弩之末的箭一样射入了蒙蒙雨雾中……

八

　　还有那一头老象。

　　我见证了它击败五头公象独享所有母象的辉煌历程；我还见证了它率领象群迁徙远涉寻找草场的身影。但在那个夕阳暗淡的黄昏，它形单影只，步履蹒跚跌跌撞撞地来到了我的身下。它没有低沉的嘶鸣，它只用长长的鼻子拱拱我的树身。我感觉到了它鼻子的温热和死之将至的毫无气力。我几欲潸然泪下。我知道，它老了。在新一轮的霸主角力中，他无可奈何地充当了失败者的角色。

它是来和我告别的。

没有前呼后拥，没有母象的争媚献宠。它悄悄地离开自己的子女和以前的妻妾；悄悄地离开了它捍卫、巡视了一辈子的领地，带着伤，带着生命最后的疲惫与超脱，仰望着我。我看到它眼神里的坦然与明净。我知道，它是孑然一身来寻找它的归宿来了。

我无语，它亦无语。

它轰然倒下，倒在落叶与芳草的柔软大床上……好多动物看到了它巍然耸立的骨架，但只有我知道，它的躯体化作泥土、化作养料、变成了我的根，变成了我的血液和躯体，我用我更加健硕的枝叶，彰示着我的存在和它的永恒……

九

我是一棵树。在无数次雷电闪劈、山洪倾泻的经历中，我领悟到了我作为树的生存哲学：一木成树，二木成林，三木成森！在天涯，在海角，我的伙伴漫山遍野，一呼百应。我们联袂成云，挥汗成雨！我们虽然默默伫立遥遥相望，但在需要我们的时候，我们就是大堤，拒洪水于千里之外；我们就是长城，能阻挡肆虐黄沙挟裹一切的步伐……

我是一棵树。有无聊的哲学家和植物学家在面红耳赤的争论：树木会永远不死不朽吗？树木最终会寿终正寝吗？……

这真是个愚蠢的问题！

假如有一天，我轰然倒地，我粗壮的树身，是可以庇护布衣草民或者达官贵人的栋梁；我的树叶树根是贫寒农民冬天炕洞中温暖如春的保障；我粗壮的手臂，可以被雕琢成千家万户中描龙画凤、大红大绿的家具。在岁月的无情剥蚀中，我的木纹越发清晰，就像石印史书的书页一样叠加层层，散发着悠悠樟脑味……

十

其实，说实话，我不是一棵树。我只是，幻想成为一棵树。

呵呵。我是一个干瘪高瘦、未老先衰的中年男人。我在昏黄惨淡的灯光下，呱嗒呱嗒地敲击着黑瘦坚硬的文字。

敲击过程中，我的脸上时时露出狡黠而洋洋自得的诡笑。

在此刻，万籁俱寂的冬夜，我突然觉得阵阵尿意袭来。于是，我停止敲击，披衣推门，在漆漆黑夜中，摸索到门前的大树旁，顺着树身，浇洒出一股黄汤。我厚颜无耻地认为，这，就算作寂寂深夜时，对大树的一种回馈与问安吧……

梁云荣，甘肃崇信人，小学教师，文学爱好者。

槐在崇信

杜旭元

崇信的古槐很多，但具体有多少？都长在哪里？恐怕谁也说不好。说不好，是因年代久远，古树遍布，无人在意。总之，在县域内的每块土地上都长过古槐。它们都是自己长出来的，野生的，大多都长于乡野，都是年深日久，都在自生自灭。在我的印象里，槐是一直在朽，也一直在生，生生不息。至今，崇信还拥有一棵完整的古槐王，树龄3200岁，胸围13米，树高26米，占地2.1亩。

这是我在崇信见过的最大的槐树，也是我在崇信见过的不算"最大"的槐树。因为，最大的已经早故，就和目前这棵同样大的或不及这棵大的也故去不少，就在生产队的时候也倒了不少。就在50年前，在我少时，在我的村庄中就有过一棵非常大的槐树，我见到它的时候已经剩了一少半，就这一少半的中间空旷地方就能钻几个孩子。它是过去农业社开会、庄人休憩、孩子玩耍的地方。我们村下庄的巷道上也有过一棵朽槐的根茬，一直露在地上一寸多，多年不平，看样子也是一棵不小的槐树。现在我家老宅后的小堡子上还站着一棵，也是一棵古槐，年岁无考。由于堡子上常年干旱，草木荒杂，树长得不高，也不是很粗。但它满身疮痕，多年一直九死一生的样子，发数枝嫩梢，其余形似木炭。

除此，庄上还有两棵比较粗大的槐树，正生机勃勃、一年一圈地长着，它们也是大槐树的苗子。

另外,我们村的山头上还有一组"槐抱柳"。柳的一边是一棵国槐,弯弯曲曲,碗口粗细;另一边是棵洋槐,一味地疯长,还生出不少小槐,荒芜杂乱,但它依然搭起了庄人对槐的信仰,就是人们常说的:门前槐抱柳,年年富贵年年有。

在我的印象中,崇信最古老最高大的槐应该是过去长在县城孔庙学宫(原城区一小)里的槐——著名的"十二生肖槐"。我听庄上的一个老先生讲过,神乎其神;也在资料上看过,"确有其人";还在一张不很清晰的照片里见到过它的样子,隐隐约约。

古槐在崇信历史上已经成了古迹和文化,对此古人早有定论,就老县志的城区图上也标有它们的位置、名堂,个别还描述过它们的形象。所以,现在的关河大槐树只是一个遗老,是人们曾经不注意也不看重的。可能是它远在深山,也可能对过去来说它不够古不够大吧!好像是在20世纪八九十年代,县文化馆的原任馆长马长春老师发现的。发现后,马老师便在树下立了标志,说是县文化馆保护的,但大家也没有在意,觉得老汉有些小题大做。后来马老又将它上升到县政府保护单位,人们也没觉出它有什么特别。直到后来,越来越多的人关注它,说道它,人们才发现,这样大的树在全省乃至全国也没有几个了,才觉出它的不易,才对它另眼相看起来。再后来,县上的主要领导对这棵天下独一无二的大槐树重视起来,宣传起来,把它作为本县的一张名片推介,大槐树才彻底走向全国,走入人们的视野。大家还发现,崇信是个隐藏古树名木的地方,而且之前就有四大名树入册。于是全县又开展了一次清查古树名木的工作,对百年以上的大树建档立卡,实施保护。于是这些放置山野的大树才有了自己的名字、自己的名分,以及将来的身价和地位,它们才彻底被人们重视起来。

往事如烟,今事昭然。

古树，既是一个地方的历史，也是一个地方的财富。就像一个庄上的老人，一个家庭的老屋，它的肚子里装着很多现在没有了的东西。就今年的半年时间，已有几拨名人来崇信看树、访树、拜树、写树。树的谐音是"书"，其实它就是一本书，记载着一个地方的历史、故事、人文和环境。它就是庄上的老人，它就是我们家里的老屋，就是我们曾经的根。我看见有的地方把一搂粗的树都当神来保护，而我们坐拥很多古槐：关河古槐、庙台古槐、赵湾古槐、杜家沟古槐、东沟渠古槐……这些都是别处所没有的。

在过去，我常听老人们说"那棵是青槐、那棵是康槐"……我们现在究竟都有一些什么槐？那棵是哪棵？已无人能说清。所以，我只好把它统称为国槐，而崇信长着天下最大最古老的国之槐。

杜旭元，锦屏镇杜家沟村村民，甘肃省作家协会会员。短篇小说《枣木匣子》获2011年《小说选刊》第二届小说笔会短篇小说一等奖。长篇小说《桐花镇》获平凉市第四届崆峒文艺二等奖等多项文艺奖。短篇小说《表兄掉在深沟里》获第五届"崆峒文艺奖"二等奖。作品见于《中国作家》《湖南文学》《崆峒》等报刊。

华夏古槐王记

张改过

苍苍古槐兮，生逾三千岁，沐西周之和风，浴秦汉之细雨。蔚蔚古槐兮，葳蕤千秋而不衰，繁茂古今亦未枯。发于本土，名满四海，誉之华夏古槐王。古槐生崇信孙家峡，汲雨露之琼浆，蓄日月之精华，与山岳为伴，同天地争寿，巍巍乎立天地之间，洋洋乎越时光之河。可谓陇东一绝，中国奇迹。

自县城西行二十余里，公路似带，绿树如屏，至铜城，过汭河，入五马沟。沿柏油路而行，路侧溪水潺潺，林间雀鸟嘤嘤，山路回转无绝，美景迭现不穷。不足三十里至孙家峡。孙家峡西台古槐苍然而立，树西石山巍然霄汉。石山树木丛生，俨然绿色屏障；古槐枝柯横逸，赫然千古奇观。山色与古槐互衬，诸峰与苍穹相接。于山环林密之地，古槐钟天地之灵秀，浩浩乎隐天蔽日，乃遐迩闻名之盛观。

立于古槐之下，瞻其蔚为壮观之势，不觉讶然而叹！枝柯遒劲，宛若苍龙；树干粗壮，俨然擎天；繁叶密缀，恍若绿伞。树干十人挽手方可围之，枝柯一人仰卧亦能作榻。古槐之大，令人敬畏；长势之奇，使人惊叹。

唐代敬德拴马古槐传佳话，近世邑人伐树流血显神奇。以此故，世人奉其为神树，每至树侧，焚香表，挂红绫，以尽虔诚之意。

幸逢盛世，旅游业大兴，古槐景区开发伊始，道路畅通，行旅无阻。

树南修民俗窑洞,树周依栏而围,旁建馆舍。尤为可欣悦者,古槐为媒体关注,遂声名远播,世人皆知。慕名而来者,熙熙攘攘;纵情山水者,络绎不绝。

盛夏之际,古槐之下,乃避暑纳凉之佳境也。撷野果以甘胃,吸清气以养肺,闻鸟鸣以悦性,掬清流以濯足。于时,山间奇景无限,四野芬芳不绝。光影交错,雉兔逐奔;凉风习习,野芳灼灼。凡心入定离尘世,俗身超然临仙界。莫不叹天地之妙,造化之奇,人生之幸,盛世之福。远道拜谒者,常怀向往之情,岂知古槐荫庇邑人久矣!凡游览者,享山林之乐,品自然之趣,入天籁之境,莫不流连忘返,念念不忘矣。

于汭水之南,五龙山之侧,深峡之内,苍然乎生此古槐者,乃崇信之幸,亦为华夏之幸也!虽世事变迁,然古槐长青不老,以其蓬勃之势,昭然一方水土,亦为世人心之念矣。

余乃铜城人也,可谓与古槐生于同壤,自幼观树之状貌,钦敬之情难已。今届天命,华发早生,古槐依然苍郁蓬勃。叹人生之短促,仰古树之高古;引古槐为耀,赞山川锦绣。是以为记,己亥之夏月也。

张改过,崇信二中高级语文教师。散文《看那桃花开》入选《中国当代散文名作选》一书。著有散文集《指尖的阳光》。

你是一个奇迹
——唱给千年古槐

于忠明

人，活百岁都难。而你，是个奇迹——有人说你已经活了几千年。

千年的你，虽然皮肤有些粗糙，但是枝叶依旧鹤发童颜。虬枝长伸，似满身盘龙。龙腾凤舞般，在金色阳光下，把身影投到地下。

十余人手拉手，把你拥抱，在感受你满身沧桑的同时，还能感受到你曾经的铁骨铮铮。几双大手在你的腰身抚摸，哪里，才是当年唐王爱将尉迟恭拴马的缰绳勒出的印痕？望着你碧绿的枝叶，每一个叶片仿佛都是从遥远的唐朝走来的染料，把历史一直漂染到今天。你每一个虬枝，都是一个个出征的战士，从千年的时空，把呐喊声传递到现在。

你博大的胸怀，让多少曾经觊觎你躯干的小人，在锯口鲜红的血液前，望而却步。你把浑身寄生的五倍子、花椒、杨树等的种子，从远古的唐朝，一代一代传播到现在。

有人说，你是隐士，我赞同。如果不是你深居简出，如果不是你归隐山林，还没有等尉迟恭来拴马，你早已经被利益小人连根拔走了。千年的路程，我不知道你走得累不累？你经历了多少血雨腥风的洗礼，经受了多少风餐露宿的艰苦，抗击了多少雷击电劈的打击，忍耐了多少干旱饥渴的煎熬，你才一路迤逦而来。你品味过唐宋诗词的高雅，领略过元曲的风韵，聆听过明清的小调，在千年之后的又一个盛世，绽露出夺目的光芒。

酒香不怕巷子深，崎岖的沟壑，高远的山路，挡不住一睹风采的脚步。人们在你的脸上，读大唐的繁华，看宋朝的明月，寻元朝的婉约，觅明清的清艳，说当今盛世的繁华。

其实，你就是你，只不过是一棵千年的古槐而已。但你千年的沧桑，却深邃得让人敬仰。原来，你每一个叶片上，都是金光闪烁，佛光千尺。

所以，你叫神树！

千年一梦，一梦千年。梦回大唐，大唐遗梦。千年前的强国梦，穿越时空，梦圆当今盛世。千年后今天的我，好想让你带上我写的"中国梦"的信笺再跨历程。因为，也许你还有一个千年的历程要远行，当千年之后，这三个字和你一起风雨同舟，那时的人们就会知道，千年前的今天，就是这场"中国梦"的新起点。

千年的大槐树，你愿意把我的心愿，带到千年之后吗？

那时，你将又是另外一个奇迹。

于忠明，崇信县柏树学区督学，中学高级教师，甘肃省作家协会会员。著有文集《袖盈年华》《老村纪事》，小说《革命烈士保至善》《解放崇信》。

神奇的大槐树

李玉屏

每当春暖花开，植被吐蕊，大地返青，苍茫间呈现出一派生机盎然的景象时，黄土高坡上的陇东地区，有一个名为崇信的美丽地方，它会更加的美丽。因为在这块热土上，生长着一棵槐树。此时它静静地接受着春风的抚摸，春阳的沐浴，春雨的滋润，芽苞绽放，枝条泛绿。给这里带来了生命昂扬的无限精气，带来了生命扎根于土地的无限辉煌，带来了"绿染崇山汭水，催人迎春耕耘"的福音。直到艳阳直射，叶片遮天蔽日，时光经夏过秋，走到瑞雪飘飞时，慕名前来拜访它的仰慕者还是络绎不绝。当地人亲切地称它"大槐树"，它的确是一棵"大槐树"，而且是一棵"神奇的大槐树"。

之所以说槐树大，是因为当你看到它时，你会为之动容，你会情不自禁地连连发出惊叹声，因为你从未见过这样大的槐树。第一眼看到它，它便会吸引你；再看，它会折服你；继续看，它会震撼你的灵魂。"大槐树"的确大，大得令人难以置信。它大出了崇信，大出了平凉，大出了甘肃，最后它大出了中国。因为它是目前国内发现的体型最大的槐树，也是迄今在华夏大地上生长着的最健壮的一棵槐树，

这棵槐树高26米。人们需要站到20多米外，才可以一眼看到它的顶尖，但也只能看到顶尖绿茵茵的轮廓，无法看清叶子。它似一座山，又似一座

塔。它有山的峻峭，又有塔的玲珑。槐树的主干基径3米，高6米，与裸露在外的一部分根纵横交错，似拧绕的麻花，花哨好看，又似交织伸开的特长十指，紧按泥土，延伸至地下。它似粗壮的汉子，腰圆板直，结实强壮；它似大圆柱，浑圆壮实，憨态可人。槐树的最大胸围13米，七八个成年人手拉手环绕才能围抱住它。它让拥抱它的人心潮澎湃，激动不已，荡漾的心情久久不能平静。因为，它不仅仅是一棵树，它象征着生命之魂，凝聚着大自然中的精气。槐树树冠东西约34米，南北约38米，占地面积2.1亩。要看清它的全貌，领略它的风姿，需要绕行一周，只有这样才能欣赏到它的雄伟宏大，与众不同。从前看，它似伟岸的大丈夫，英姿勃发，威风凛凛。从后看，它又似雍容的贵妇，端庄美丽，温文尔雅。它的主干分八大主枝，所以它又被称为"八卦槐"。枝丫众多，枝干修长，领地宽广，这一切令人匪夷所思，思绪万千，它的生命基因怎么如此强大！这里的人们又是如何爱护它的？

到此，朋友们，请问你们见过如此大的槐树吗？你们可能还想问，这么大的树，那么它的寿龄几何呢？你听后一定会更加为之感到震惊，不然我为什么说它神奇呢？

之所以说它神奇，是因为你从未见过这样古老的槐树，它是目前在国内发现的树龄最长的槐树——3200多年！3200多年是一个怎样的岁月历程？"人生不过百年，已够艰难和漫长"，而这棵古树居然在这里屹立了3200多年！3200多年的岁月里，不仅会有风刀霜剑，洪水猛兽，还会有旱灾火灾，地震雪崩，还会有人祸虫害，烽火硝烟。它是怎样历尽艰辛，陪星伴月，日夜不歇，度到今日的呀？如今它继续保持着原始自然朴实的秉性，继续保持着挺拔蓬勃旺盛的生命力，继续保持着昂扬谦逊静默的品质。它让历代多少前赴后继前来欣赏它的人，发自肺腑地赞叹，永久地铭记！它经历了3200多年漫长岁月的严峻考验，饱受千古时光的洗礼，但至今主干依然完好，枝繁叶茂，苍翠欲滴，鲜活年少，冠盖如云，巍然耸立，其风采撼天动地。更为奇特的是，槐树上寄生着杨树、花椒、五倍子和小麦、玉米等九种植物，实属罕见。其顽强而又蓬勃的生命力，使得许多专家、学者惊叹"不可思议"！

它陪伴了十多个朝代的更替，从有历史记载的第二个朝代——商朝，生根发芽成长至今。几千年来，它经历了人类社会制度发展的几个漫长时期，从奴隶社会过渡到封建社会，又从半殖民地半封建社会过渡到如今社会主义社会。曾经腐朽的社会制度，一个个被埋葬在历史的车轮之下，但无论历史的风云如何变幻无常，它依然保持着初始的秉性，积极向上，成长发展，永葆青春，一旁的聒噪丝毫没有影响它的恬静心境，它将生命的尊严永固。它经历了历史上的多个重要时代，即从青铜器时代、铁器时代、电气时代、原子时代到如今的信息时代。无论人类历史如何演变，人类社会如何发展，它都坚守自己的信念，始终如一，给一方水土一片葱绿，给一方百姓遮风挡雨。它见证了中国文化发展繁荣的历程，见证了人类社会文明发展的各个环节，它创造了植物史上的奇迹，被誉为"华夏古槐王"。

大槐树在崇信人的心目中，已经不是生长在那片土地上的一棵树，而是上苍指派来的卫士，负责守护这方水土和这里的人们平安快乐；也是玉皇大帝降旨下凡来的树神，护佑这里植被繁茂，山清水秀。这里的人们爱它，从不损伤它的一枝一叶；这里的人们敬它，小心地接受它的庇护，特选良辰吉日为它披红挂彩，把它祭拜。它是美好的期冀，生命的象征，长寿的寄托。它爱这里的万物，不离不弃，生生不息，为这方水土增光添彩。这里的万物同样爱它，簇拥着它，陪伴着它；这里的人们，为它祈祷，为它祝寿，直到天荒地老。

槐树，一棵普通的植物；大槐树，一棵神奇的槐树。崇信，一个美丽的地方，养育了一棵流芳百世的槐树。树木之大，树龄之长，令崇信人为之骄傲，为之自豪，崇信以它为荣，以它为幸。它在人们的心目中，是奇观，是文物，是华夏民族活的历史见证。愿大槐树与日月同行！与崇信同行！

李玉屏，文学爱好者，现为崇信县文体广电和旅游局干部。

又进关河

田效益

关河，地处汭河南岸的一个偏僻而又闭塞的小山沟，其间既没有波涛汹涌的大河，也没有关姓人家，就是一个村名而已，真的是名不见经传。然而，近几年关河却在平凉周边名声大震，不是因为河，而是因为一棵3200余年树龄的"华夏古槐王"。

28年前的正月，我因为新婚去亲戚家"端礼"，第一次踏足关河。去关河的路并不算远，也就十几公里的路程。蹚过汭河，伫立在五马沟口，远远可见一条蜿蜒曲折的小溪从沟谷深处潺潺而出，河沟两旁耸立着连绵起伏的大山，山间树高林密，沟壑纵横，却又人迹渺然，给人一种空旷神秘的感觉。顺着沟渠入山，往往走一段沙土路之后，又得蹚一湾小溪，如此反复不断地穿鞋、脱鞋、走路、钻河，时间久了，也就习惯成自然，以至于沿路究竟蹚过几段溪流，走过多少沙石路，脑子里真没留下什么清晰的记忆。

关河村下辖桃梢洼、关河和孙家峡三个自然村。所有的人家都坐落在河沟的两侧，院落里建有几座破烂的土房，院子里满是杂草和牛羊粪，站在木栅栏的大门外就能闻见一股股的腥臊味。进到客房，乌黑乌黑的墙壁上钉满了钉子或者木橛，上面挂着玉米棒子、蒜辫子或者串辣椒，囤里装满了粮食。不多的几片老家具上满是尘土，连凳子上都随意堆放着烂衣杂物，几乎连坐的地方都腾不出来，只能在相对干净点的炕沿上落座。如此看来，山里人既不缺吃也不缺穿，只是生活的习惯显得有点邋遢。

那个时候我就知道孙家峡有棵古槐，传说是唐王屯兵孙家峡的时候栽植的，所以当地人也叫它"唐朝古槐"。只是那次忙着走亲访友，来去匆匆，也没能亲眼看见古槐的风采。

其后，我和朋友曾专程去看大槐树。当时古槐的树冠亭亭如盖，占地面积约有3.5亩之巨，树干粗壮无比，六七个人方可牵手合抱，甚至暴露在地面上的老根都粗可逾尺，状如虬龙，可见当年的古槐是多么的雄伟壮观。然而，当时的社会经济状况还不够富裕，加之人们的思想观念保守，认识不到发展旅游业、繁荣县域经济的潜在价值，所以古槐的社会效益没能得到充分的发挥。

后来，随着社会经济的不断发展，县上将旅游作为振兴经济的支柱产业，古槐得到了应有的重视，立碑圈禁加以保护。尤其是近两年，县委县政府下大力气对大槐树景区进行改造，新修了十几公里的水泥路，建造了传统的四合院青砖民居以及地坑窑洞庄子，并着力绿化美化景区环境，给八方来客创造一种宾至如归的氛围。而今建筑规模业已成型，只等各种配套设施到位，马上就能投入运营。相信不久的将来，"华夏古槐王"景区一定会成为崇信，乃至西北地区旅游业的一个奇葩。

不过，每去一次，关河的新变化都会令我生发深深的感慨。可以说，关河的山山水水未老，而关河村的世事却早已物是人非。

前几年，因为受地域环境的影响，关河村的经济发展明显受困，所以几年间绝大多数村民举家外迁，造成整个村落变成空巢村。而今所有人家无一例外都是屋舍坍塌，人迹罕至，倒是村子四周的树木和杂草却显得生机勃勃，无拘无束，使人内心里总有一种落寞荒凉之感。

如今，虽然初具雏形的景区还未营业，但是四面八方的游人却不断地蜂拥而至，寂寥冷清的山村又红火起来了。不知如今的关河人是否会重新回归他们曾经的老屋,憧憬农家人幸福安康的美梦。

田效益,祖籍泾川县城关镇兰家山村,现为崇信县工业集中区马沟小学教师。文学爱好者,亦热衷根雕、篆刻艺术。

华夏古槐王的启示

于金玉

在陇东的崇信县生长着一棵郁郁葱葱的大槐树,它穿越了三千多年的时光之河,就像一位淡定的老人,默默伫立在这里,闲看山前花开花落、风云变幻,见证着自商周以来中华大地上的沧桑巨变。它被命名为"崇信国槐",编号6202,被载入《全国百株人文古树名录》和《甘肃古树奇观》,被誉为"华夏古槐王",它给了人类许多的启示。

一个人要想成功,一定要给自己时间。崇信的这棵大槐树生长了3200年,沧海桑田,物是人非,3000多个年轮才使其气势雄伟,挺拔高大,枝繁叶茂,冠盖如云。一个人要想成功,一定要"任你风吹雨打,我自岿然不动",坚守信念、专注内功,才能终成正果!没有一棵大树,第一年种在这里,第二年种在那里,而可以成为一棵大树,一定是千百年来经风霜,历雨雪,屹立不动。崇信这棵大槐树曾经经历过几次"生死劫"。清朝末年,有一位外地富商无意间看到了大槐树,表示愿意出大价钱购买,被当地村民断然拒绝。后来,有人提议伐掉大槐树做木材,村民虽然极力反对,但还是没有能够阻止。一天,当一群人用大锯准备锯断树身时,刚拉了几下,树身上就渗出了殷红的液体,伐木人惊呼:"大树流血了!"一个个面露惶恐之色,只好赶紧停了下来,焚香膜拜谢罪求恕。后来,这个故事一传开,当地许多人都把此树敬若神明,自发保护了起来。在这棵树的树枝上,搭挂着不少当地百姓敬"树神"的红色绸缎，树下香火痕迹明显。生命无常，万物有道，看来无论寿命长短，都与其自身的生物特性即内因和环境条件即外因紧密相关。崇信大槐树在其内在顽强的生存力和优越环境的综合作用下，得以生长，意义非同凡响。

一个人要想成功，一定要不断学习，不断充实自己，自己扎好根，事业才能基业长青。崇信这棵大槐树近看大根凸露，如虬盘扭，细察有千百万条根、粗根、细根、微根，深入地底，忙碌而不停地吸收营养，滋养自己。古槐旱年不怕水土缺少，涝年又无水患侵袭，远离河渠、洼地，水路清晰。因有大山护佑，雷电亦无法殃及槐王树冠。再者，树干虽有敞开之处，但包裹甚深，未见虫蛀蛇穿；枝条有干枯者，往往自损其枝，自然脱落，无人工破坏的痕迹。当然，最说明问题的，还是这里地处深山老林、人迹罕至之所，昔日的战争也罢，毁林造田运动也罢，这棵古槐能幸免于难，是崇信诚实守信、淳朴善良的民风延续了它，庇护了它，它更是崇信人脉的象征，中华民族锲而不舍、生生不息的生命力的象征。

一个人要想成功，一定要向上。不断向上才会有更大的空间。这棵古槐一直向上生长，仰视其枝叶茂密，树枝弯弯曲曲，似飞龙舞凤，树高26米，主干高2米，胸径13米，冠幅946平方米，树冠东西宽约34.2米，南北长约37.7米，占地面积2.1亩。远眺古槐好似一座绿色山丘，蔚为壮观。它告诉我们：没有一棵大树只向旁边长，长胖不长高；一定是先长主干再长细枝，一直向上长。

一个人要想成功，一定要心中充满阳光，树立一个正确的目标，并为之努力奋斗，愿望才有可能变成现实。绕树三圈，观其风姿，盖因其所处地域甚佳。树正西方有一馒头型大山作为后盾，背面因有高山庇护，不论大风大雨，甚至雷电，大树往往都能幸免于难并一直向上生长；再向东看，有一绵延山脉，郁郁葱葱，人称唐帽山，也遮掩了风雨，使得大树得以庇护，且雨水充沛，周围再无其他丛林分享其营养，树周围都是开阔的田野，阳光照射充足，即使北面来路的村庄，也人烟稀少，没有对大树根系造成破坏。这恐怕是槐王得以生存的根由。没有一棵大树长向黑暗，躲避光明。阳光，是树木生长的希望所在，大树知道必须为自己争取更多的阳光，才有希望长得更高。这棵古槐不但有人文价值，还有文化、历史、生态等更重要的价值，我们要精心地护佑它，让古树能够健康茁壮地成长。

于金玉，崇信县融媒体中心资深记者。

走近大槐树

关静梅

　　神奇古老的大槐树是崇信一颗璀璨的明珠，它坐落在崇信县铜城关河的一座山台上，距县城约三十里路程。此树奇在树龄的古老和树体的巨大，距今有3200年的历史。由于知名度的提升，如今大槐树已成为县内一个旅游景点，被开发修建，道路畅通，柏油路从铜城街道一直通到大槐树跟前，为人们观赏大槐树提供了极大的方便。省内外游客慕名而来，原本僻远幽静的大槐树跟前逐渐热闹起来。2016年国庆节假期，我和家人有幸观瞻了大槐树的风采。

　　车沿山路盘旋而上，十几分钟后到大槐树跟前，只见一棵高大婆娑的奇树站立在一块山地场院，周围已被栅栏围起来，栅栏外面铺设了石桌石凳，供游人休息娱乐。栅栏上面绑着红绸缎面，迎风飘展，大概是祭祀的人悬挂的。大槐树经历了几千年风霜雪雨，依旧枝叶繁茂，虬枝旁逸，亭亭如盖，庇护着一方百姓。巨槐的身上有突起的锯痕，据当地人说，曾经有人想在树上砍一些枝条烧火用，结果斧到之处却流出了鲜血一样的汁液，吓得那人赶快磕头作揖，第二天，砍坏的地方就愈合了。从此，人们把这棵树称为神树，供奉起来。谁家有个病灾，都来树前祈求神灵保佑，很是灵验。这些传说无从考证，但人们对大槐树的敬仰之情油然而生，因为它3200年的历史已经足以让人心生敬慕。

当我第一次远远看到这棵树时，我还以为那是一片小树林呢。到了跟前，我惊呆了，我从没有看到过这样粗壮高大的树。主干虽只有2米高，树围却有10多米，众多的枝干向上向四周奋力撑开，整个树冠东西宽34米多，南北长37米多，覆盖面积达946多平方米，虬枝龙髯，郁郁苍苍，遮天蔽日。站在古槐之下，顿感自己是那样渺小。最让我震撼的还是它凸露纽结的树根，如老农腿上暴凸盘曲的青筋，既让人看到它无比旺盛的生命力，又让人看到它经历的风雨沧桑，浮雕一般让人难以忘怀。据考证，这也是甘肃省树龄最长、树体最大的古槐。这样高大奇特古老的树在甘肃境内仅有此一棵，被誉为"古槐王"。站在大槐树前，我真正地体会到自己的渺小，它历经沧桑，几千年依然风姿绰约，我又为它顽强的生命力所折服。这也就是大槐树的神奇魅力所在。

正值深秋，草枯叶落，大槐树周围落满了其他树上的叶子，却不见大槐树上的叶子落下，抬头仰望，大槐树叶子依然青翠，绿叶密密匝匝，没有几片黄叶。大槐树犹如一个高大丰满、风韵犹存的母亲，慈祥地俯视着大地上她的每一个儿女，尽已所能为儿女们造福。如今，大槐树周围正在修建民俗村，通往大槐树的路已全部铺通。县上要在这儿打造一个旅游休闲赏景的胜地，为大槐树下的民众带来福祉。大槐树在群山怀抱中，周围苍茫翠绿的大山也是无限的风景，是大槐树的背景底色，秋天的大山已披上五彩霞衣，大槐树是这块五彩画板上的一颗奇葩，分外引人注目。忽听到"叽叽喳喳"的吵声，女儿说："你们看那是什么？"循声顺着她的指向望去，只见那树上密密麻麻地站满了小鸟，它们交头接耳，如诉如语，那一条枝丫几乎不堪重负，颤颤巍巍。再看那鸟，状似麻雀，形体略微显亮，更加灵动，更加婉转。看来这奇树不仅吸引四方游客，也孕育众多生灵，它确实是一位伟大的母亲。

这里已成为崇信县的一个旅游胜地，虽然还没有什么宏伟的建筑，但不论是寒冬还是炎夏，抑或是色彩斑斓的春秋时节，游客总是络绎不绝。他们有的赋诗题词，抒发"饮水思源"之情；有的仰望古槐，盘桓眷恋，久久不肯离去。

愿我们的大槐树万年长青！

关静梅，文学爱好者，现为崇信县职业教育教师。

诗歌篇

平凉组曲之崇信大槐树

叶舟

这个日子，喊来了长老们、灶王爷、芹菜和萝卜，
又喊来了篝火、芒鞋、药草、仙鹤与拐杖，
围坐树下。黄帝前去问道，免不了一番钱行。
这个日子，喊来了白马、木鱼、壁上的仙女，
也喊来了船夫、落叶、渡口、隐者和孙猴子，
围坐树下。因为玄奘西行，打算要托付一些心事。
这个日子，喊来了鞭炮、吹鼓手、缎子被面，
还喊来擀杖、臊子面、凉粉、皮影戏，以及穷亲戚，
围坐树下。大闺女出嫁，舅舅的眼泪哭满了半缸。

叶舟，著名诗人、小说家，现任第十三届全国政协委员，甘肃省作家协会主席，甘肃日报叶舟工作室主任。著有《大敦煌》《练习曲》《边疆诗》《叶舟诗选》《敦煌诗经》《引舟如叶》《丝绸之路》《自己的心经》《月光照耀甘肃省》《漫山遍野的今天》《漫唱》《西北纪》《叶舟小说》《我的帐篷里有平安》《秦尼巴克》《兄弟我》《诗般若》《所有的上帝长羽毛》《汝今能持否》《敦煌本纪》等。作品曾获得第六届鲁迅文学奖、《人

民文学》小说奖、《人民文学》年度诗人奖、《十月》文学奖、《钟山》文学奖、中宣部全国文艺名家暨"四个一批"人才等。

芮鞫大地，听槐花盛开的声音
——古槐诗歌二十首

闫小杰

古槐王意象

用三千二百年的光阴

终于长成时光的模样

枝繁叶茂 躯干沧桑

演绎着世事岁月的景象

驻足的鸟儿

离去的北风

都用虔诚的朝圣之路

回到一个豪情万丈的帝王

用一棵树千年风雨中的芬芳

成就了世外桃源的梦乡

关河——官河

这个村庄的名字

被无限放大

一条细水

在大山里像一条躲避世事的蛇

在游走里时隐时现

茅草屋里飘出的炊烟

在春花秋月里放牧神仙

华夏古槐王

多么华丽而霸气的名字

用三千二百年的光阴

阻断红尘

却天地相连

隐在大山深处的草木庄稼

和在四季里咀嚼人间温暖的牛羊

在餐风饮露中

行走成王中之王

芮鞫古槐，村庄的守望者

村庄里那些古槐

被时光古老成鸟儿的歌谣

老去的岁月中

它们不知举起了多少人间烟火

而今

仅凭年轮

已无法将光阴

在树下望穿

也无法证明

那些活着的人和死去的人

他们在尘世上的风云和祈愿

作为村庄的守望之神

依旧年年春天开满鲜花

秋天托举起圆月

成为村庄的驿站 大地的信仰

让一个个村庄

枝繁叶茂 儿孙满堂

古木之心

大山深处

时光把一棵槐树长成一把古琴

在参天之高中

弹奏高山流水

在扎根之深中

穿越大地之心

三千二百年的漫漫长路

一路走来

光阴刻下了千万条铭文

供千万只鸟儿在人间诵经

供清风白云中的飞翔者

在更加广阔的缥缈中

也做帝王之梦

来来去去芸芸众生
在一棵树的枝叶间
寻找人间一场大梦的隐踪
在古木之魂中
探问岁月绵延的归程

时光之锯
终无法锯开
这颗古木之心
而人世间所有的情怀
在仰望之中
都会让无数条年轮升华成
尘世间的一把古琴之弦
弹奏起一曲云水禅心
苍茫大地山河日月
人间风情草木之梦
——都会超度成
一棵树
年轮之外的木心

一棵树的风景

时间带来了收获
却也不断掩埋了一个个人的年华

那些早于我站立世上

也将更晚于我离开世上的槐树

它们不会去做一个人的墓碑

因为一代人的岁月太短

它见证着一个王朝

交给另一个王朝

一阵风轮回到另一阵风

一个春天把花开到另一个春天

一捧黄土的衷情

托付给一棵树

三千多年或许会更远

在这棵树上

大地的亘古洪荒

对于它是一抹匆匆而过的风景

一茬又一茬鸟儿

筑巢栖息生儿育女

飞来又飞去

一代又一代人

站在树下仰望

然后回归黄土

在根系中问鼎前生来世

这棵树

成为子子孙孙

从未老去的风景

黄寨水泉洼古槐

高天厚土之间

用千年的光阴

顶天立地

白云的印痕

留鸟的美梦

在枝叶间诉尽人间万种风情

在这黄土高坡的崖畔上

一曲信天游

足以唱尽滚滚红尘

千古心声

一棵古槐

用更加古典的时光

佑护着人间的五谷庄稼

一部村庄的经书

可在此结男人的果

开女人的花

人间桑麻

在古槐的守望里

成为一曲美丽的神话

崇信古城东街古槐

活到至此

枝叶都已成身外之物

两千多年的时光

早已把一棵古槐的灵魂

在人间升华

沧桑的躯干

立于一座古城的边缘

站成了一个人

阅尽万世风雨的模样

眼睛里放射出秦汉风骨

身体上写满唐风宋雨

饥荒战事风雨荣华

岁月用许多块骨头

堆砌起一尊古城的雕像

这满身的密码

是无人破解的玄机

关河赵岭古槐

千年的时光

超度了一棵树的辉煌与沧桑

站着是一片森林之王

倒下之后

成为许多株草木

温暖的家

阅尽人间沧桑

满身的伤痕

成为一卷人间诗画

站立之时佑护过的草木

它们纷纷云集

为这株古槐

用四季的风霜雨雪诵经

倒下千年不死

只因静守草木内心

绵延不绝的光华

赵湾槐风

从五龙山顶飘来的白云

终要在一株株千年古槐之上打坐

然后隐居凡间

陪一声声鸡鸣犬吠

临水而居

把人间烟火中的阴晴圆缺

叙述成远古神话

让岁岁春风

绽开万般繁华

让年年蝉吟

吟诵起这方山水

亘古的风雅

走进赵湾村

一株株古槐

把袅袅炊烟

掩映成无数阕诗行

这一尊尊时光雕像似的古槐

已不知为谁而生长

亦不知为谁

在更加古老中向往

鸟儿的脚印走远

鸟巢虚空而挂

树下的人儿

一粒粒成为土丘

而树的根须

在大地深处不断绵延

走进赵湾村

一条羊肠小道

是一个人一生的断章

一株五谷庄稼

是一个人细小的幸福

而那一棵棵古槐

高举着村庄的信仰和梦想

让赵湾人家

成为一部美丽的神话

岁岁芬芳 亘古风雅

仰望古槐

一棵老槐树

古老的弯曲中

有大山深处

一条条山路的前程

一只只喜鹊窝

高举起草木庄稼的颂词

成为人间烟火中

最温暖的江湖

我来或者不来

最后的山菊花

都在为一棵即将越冬涅槃的槐树

点亮一盏盏心灯

当我与一丛丛狗尾草交换目光

同时仰望时 我恍然了悟

树上飞出的山雀

一定是我年少时走失的那几只

槐树下

多年后回到村庄的一棵老槐树下

才发现

这里是最好的修行之地

无须谈论乡愁

无须翻开一座老屋的记忆

无须谈论雨水、粮食和果菜

知了声声 麻雀飞过

它们此时

像极了卅年前的一个个少年

被山野放牧了的时光

驻足在村庄千年的老槐树上

老去的鸟巢中

远走高飞出了多少只小鸟

早已无人知晓

而我看到

沧桑的躯干 摇曳的树叶中

有不变的虔诚

静静倾听 它会洗却江湖之上

内心所有的芜杂

山树

一棵槐树

生长在山村

是幸福的

它的本真

会和鸟儿一起

飞翔山梦

一生中只需要

看一个个朴朴实实的农人

安然地度过一生

无须如城里的一棵树

被修枝 被整形

不断掐头去尾

最后把内心掏空

山村的一棵槐树

头顶日月

根系大地

开自己的花

结自己的果

自己站成自己一生的风景

倘若有一对鸟儿

在枝头筑巢 抚儿育女

它将把整个世界

在时光里延续

五月槐花香

槐花盛开 人心纯净

这招魂的槐香

把尘封的岁月

——打开

浮世变得更加美好

荒芜的山村

一簇簇素洁的槐花

把大地的辽阔

渲染成世间

最深刻的牵念

走失的鸟鸣

流浪的心影

在槐香中归来

一切的等待与怀念

在槐花飘香中

镀上岁月的灵光

还原成我和你

最初的模样

槐花开在我的村庄

崖畔上的槐花

唱出嘹亮的信天游

黄土地上的万物

各安其命

槐花开在我的村庄

槐香醉了一个人

一生的时光

一些人和事

早已遁迹无踪

一些鸟儿的飞翔

在岁月里沦落天涯

风中的槐香

是时光留下的一杯佳酿

醒也好 醉也罢

一树树素洁若雪的繁花

不断飘出招魂的清香

一再证明着

一个人 一座村庄

在红尘世事中的芬芳

槐香韵

这蕴积着乡愁的槐花

总是把岁月点亮

浓郁的槐香中

能够触摸到

时光的模样

走进五月的村庄

世事人心

都被镀上一层缱绻的槐香

一些故人

早已去了远方

一些怀念

依旧开放在槐香里

一簇簇槐花

高悬起村庄的往事

老去的树木 远走高飞的鸟儿

在一片洁白的花絮中

回归五月

尽管我已被时光

退出三千里江山之外

一缕槐香

依旧使我

魂归故乡

槐花魂

一棵棵槐树

阅尽人间沧桑

一树槐花

乡愁一样的花香里

年年可找到它前世的芬芳

万水千山

是经历苦难的一部长卷

红尘中的隐士

把心境

搁放在一簇簇槐林中

为时光作跋

五月槐花

更多地开在我的山村中

是遥望 也是等待

一缕缕牵念

让麦苗疯长

禾苗不断向上

我所经过的五月

槐香如清纯往事

跨过的困苦和辛酸

在年年槐香里

此去千里行舟

归来

是一篇篇唐诗宋词

留在人间最初的情怀

听槐花盛开的声音

槐花是穿越时空的幽灵

会让一些脚步

和麻雀的翅膀

回到从前的影子

一棵棵槐树

是一段岁月里的倒影

年年盛开的花儿

在记忆与念想里

行走诵经

把苦难穿越

把美好留下

在芮鞫

一棵棵槐树

繁花把大地的情怀留下

崖畔　路边　村庄

所过之处

花开的声音里

是岁月一再沉淀后的芬芳

故乡槐花开

候鸟带走了一些风景

斯人留下了一些脚印

五月的槐花

散落在故园的清香

铺开半生的虚无

那些老窑洞成为壁虎的家园

那些荒芜了的小径

成为蚂蚁和甲虫的天堂

老去的山野

在槐花飘香中

回归了一群羊未完的好梦

一棵棵槐树

守望着炊烟

守望着鸡鸣犬吠

守望着那些还未归来的心事

我近乎荒芜的家园

在五月槐花飘香中

醉了经年的旧事

槐花辞

夏天的山头

白茫茫的槐花

像前世飘落的断章

缀在枝头绕梦

落在地下招魂

山村的麻雀诚惶诚恐

翅膀扇起虚无的清风

在时光中老去

不带走一缕槐香

远在天边的候鸟

在槐花里看见了自己

看见了一束狗尾草

多年守望的乡愁

五月的槐香是一杯老酒

醉了鸟鸣

醉了一条被荒草淹没多年的山路

槐香，怀乡

这招魂的槐香

飘成袭人的乡愁

在山高水长的路上

遁梦而回

被风送来的

必将被风带走

缕缕槐香中

我知道

有许许多多的人

在怀乡中饮醉时光

缱绻的回望中

一簇簇洁白的槐花

在山村的房前屋后

崖畔地边

守着光阴里的圣洁

高举起一座村庄的誓言

把山村岁月

发酵成一杯佳酿

饮下

恰到好处的微醺

似一个人的初恋

又似一个小山村美丽的童话

山寺槐花

这禅意的槐香

为几只归林的鸟儿

遁开心梦

被黄昏隐去的一部分山色

槐香与梵音

作为夜幕下的修辞

展开草木 山泉

和蛙鼓虫鸣中的无限意象

守寺人

用槐花为佛点灯

敬上光阴里的圣洁

月光落在流水上

有几瓣落花

做一尊佛梦游的扁舟

朝觐的人 与佛对视

然后擦肩而过

在一缕缕槐香中

跨过红尘与梵界

一株古槐

李满强

科学家说,这株槐树在铜城
已经生活了三千二百年。但它还枝繁叶茂
精神抖擞。当属树中的仁寿之士

许多人来看过,赞叹过,拍照
又转身走了。而那株古槐还站在那里
不言,不语。只有几家喜鹊,和它安家相伴

看树人,大多又回到车水马龙的城市
他们还会看到更多年代久远的古树。在山东孔庙
或者在北京雍和宫……许多背负了声名的树

而我偏爱这一株。在遥远的平凉
一株古树扎根乡野,自由生长。它高大的树冠
已然具备了王者之气

李满强，1975年生于陇东农村，作品散见于《人民文学》《诗刊》《中国作家》《芳草》《星星》《飞天》等刊物，入选数种选本。著有诗集《画梦录》等。曾获黄河文学奖等多种奖项，参加诗刊社24届青春诗会。毕业于鲁迅文学院第十九届中青年作家高级研修班。中国作家协会会员。第二届甘肃"诗歌八骏"成员之一。

大槐树

丁永斌

西周的种子开始发芽

胆怯地呼吸与生长

挤开云朵触摸天空的路

经历了三千年

通往大槐树的路　有了砖瓦铺成的小路

满眼的绿

满面的风

谁有信仰能穿透岁月的云朵

漂泊到我眼前　成为佛的车盖

我成为一个过客并不重要

只要槐树上的鸟能安心筑巢

槐树上的苦苣如期生长

树下乘凉麦客　缓一口气

枝叶缝隙里的光芒照耀村姑怀里的婴儿

清晨的谒拜并不迟

我短暂的羁旅有多少怨言追逐繁华与虚荣

荒野　风雨　山峦　飞禽走兽相伴

三千年朝与夕的禅坐

大槐树已经成为佛陀的化身

我短暂的谒拜并不迟

大槐树看来只是一次轮回

下辈子　我转世成一粒种子

成为你的儿女

古树风雅,反刍史册里的悠然与蓬勃

陆承

大树参天,绿意盎然。多少词语不及
一片绿叶,多少酣畅一如一丝清凉。

此刻的风貌,源于地下的深厚与温情。
当下的开阔,预示了璀璨的复兴与热情。

祖先从这里走出,遍及华夏九州,
或一棵古槐树随风飘落的情愫,
在一声声浩然的呼唤里传颂华章和坚忍的品格。

槐王慷慨,目睹多少风尘与暴虐,
依然活力充沛。根叶交错,
阐释多少情谊,如同星月交汇。

后人在这里复归,陇东的脉络上,
一棵古老的槐树蕴藉了
多少朝代不能企及的风华与尊崇。

比如，尉迟敬德的气概，
仿佛就在昨日，昭示大唐的威仪与华彩。

槐花的淡雅还未散去，盛大的夏日郁郁葱葱。
此刻，我是一只无名的麻雀，振翅而上，
途经丰茂的枝叶里隐匿的鸽子、喜鹊和虫鸣，
在树尖俯瞰桫椤众生，教义般的风姿，
目睹五龙山的矗立与裂变，仿佛升腾的星光，
在夜色里喷薄，晨曦即来，我清扫朴素的羽毛，
和着露珠一起振动岁月深处深厚的音符。

陆承，1984年生于甘肃榆中宛川河畔。诗文先后见于《散文诗》《诗选刊》《黄河文学》《甘肃日报》《星星》等报刊，作品入选《21世纪年度散文选》等选本，参加过第七届、第十届全国散文诗笔会，《人民文学》第五届"新浪潮"诗会。现居甘肃兰州。

去看大槐树

何小龙

时间把带走的绿色

还没有还给大槐树

这使我能够更清楚地看到

从姜子牙时代活到今天的大槐树

用黑魆魆遒劲枝干

饱蘸近三千年风霜雪雨写就的沧桑

而我对它的敬畏

只能以无言的凝望表达

用语言根本说不清它经历和见证过的太多事情

它能如此完好地活着

的确是一种幸运,更是一种奇迹

如果自然界也有封神一事

这棵树肯定就是树神了

事实上,当地老百姓

每年都会选择良辰吉日对它进行拜祭

远远望去,这棵披挂着红布条的巨槐

俨然一座肃穆的庙宇

仿佛有神灵隐身其中
每一个见到过它的人
都会感受到一种磁场般强大的威慑力
而肃然起敬

　　何小龙，甘肃省作家协会会员，供职于平凉日报社，诗歌作品散见于《诗刊》《星星》《诗林》《延河》等刊物，著有个人作品集10部，其中3部荣获甘肃黄河文学奖、平凉市崆峒文艺奖。多首诗歌荣获全国首届民间鲁迅短诗奖金奖、"白天鹅杯"全国诗歌大赛二等奖。

古槐

贾建成

我看到了茂密盘虬的根须 在地幔下起伏的影子
它不屈的信念像一块岩石砸在大海深处
它不断汲取黑夜的力量和湿润的养分
它心里的灯盏 照耀着远方 石头开花 爱情生根
风暴里有凤凰涅槃的声音 它的心又多么沉静
它的骨头浸润了岁月的严寒酷霜 它的头颅依然昂起
它目光里的蓝天充满着希冀 它的四季又是多么年轻
它微笑着 它没有烦恼 它心里装着整个宇宙

它是那样慈祥 裸露的青筋是遒劲的人生
山坡上的白云是它握着的莲花
沟底的泉水是它洗亮的眸子
核桃 柿树 沙梨 野枣是它孕育的诗篇
身旁的庙宇藏着春天的秘密 野花野草是它膝下的儿女
白驹过隙的四季啊 是它心爱的服饰

它已走过了千年 它还继续向前走 就像夸父追日那样执着

我看见 有一天它困了 就静静地躺在那一片绿荫下

它的鼾声就像美妙的音乐 时起时伏

它多想睡一会儿 它真的累了

我多么担心附近沙石场采挖声和煤矿的马达声把它惊醒

请不要惊醒它 它的梦里有我们人类的福祉和春天的信息

我们也是它的孩子啊 2800年的亲情

那么甜蜜 那么温馨 又是那么长久……

贾建成，笔名成鸣，1958年2月生于甘肃省平凉市。甘肃省作家协会会员。有三百余首（篇）诗文散见于《诗刊》《诗神》《星星》《飞天》等报刊，并有作品获《星星》诗刊社、《飞天》月刊社、《工人日报》等全国性征文奖。著有诗集《红月亮下的乡情》和长篇小说《记忆》。

华夏古槐王的风范

冯琳

是岁月坚硬的残片,
在关河村扎根、入定,写意村庄的田园温情。
是大地的胎记,任性地朝着天空的方向,
被飞鸟拧着,被白云牵着,
被一片辽阔的海洋罩着。

你是一个慈祥的母亲,
奶大了村庄,奶大了小溪,
奶大了杨树、花椒、小麦、玉米。
这些持久的温度,像和煦的春风,
在你宽阔的摇篮里,
把寄情在你身上的每一个精灵,
摇进幸福的港湾,推进被阳光织成的童谣。

你是孤独的跋涉者,
从3200年前的黄土高坡而来,带着仰韶文化的余韵而来,
然后,用简洁的线条在关河开花,用饱满的姿态发出拔节的声音,

向着天空,向着春天,向着远方的远方。

远方到底有多远,有3200多年的树龄远吗?

需要历经多少风雨雷电,多少王朝更迭,才能屹立在远方的天地间?

懂你的关河村说,在岁月的刀锋上行走,

只有经历过大孤独的行者,

才能成就一世的王者风范。

冯琳,重庆沙坪坝区作家协会会员,有部分作品在媒体上发表。

崇信大槐树

车俊

在崇信铜城的关河村
我遇见了一棵大槐树
它风尘仆仆,历经三千年的苦旅
最终在一个村庄落下了根基

它的树冠,远看是一片翠绿的云
走近了你会听见它轻柔的呼吸
它的根须,是一些雷鸣电闪的影子
走远了你会看见是蜿蜒曲折的汭水

岁月的疤痕都植在了它粗犷的皮上
苔藓也爬满了它被风霜撕裂的缝隙
唯一骄傲的是它伸向天空的手臂
一直护着敦实的人家,憨厚的土地
把生命的绿荫根植在养育它的故里

风雨雷电

知道它从商周一路走来的漫长艰辛
大雪压境
了解它不畏严寒恪守故土的秉性
只要春风拂动
它就会给你一个满园春色的惊喜

生命的尊严让它扼守不老的青春
将悲喜的无奈都圈进自己的年轮
它引来百鸟筑巢,为乡邻舒展绿荫
把对故土的爱,升华成思想的灵魂
成为现代人为之惊叹的城市风景

今天,我们拥抱它,心会贴得更紧
听大地的脉搏和我们的血脉一起跳动
听从它心口里发出来的历历伤痛的声音
会离我们的灵魂,我们的良知越来越近

作为一个见证者
历经沧桑,它仍初心不改
屹立在北方这片神奇的大地上
谁见了它,都会顶礼膜拜
它就是一座活着的神庙
一位供奉在我们内心深处的女神

车俊，甘肃华亭人，先后在《阳光》《读者》《中国诗歌》《关雎爱情诗选》《飞天》《时代文学》等报刊发表诗、散文作品五百余篇。著有诗集《燃烧的玫瑰》和《火上芭蕾》，现为中国煤矿作家协会理事、甘肃省作家协会会员、华亭县作家协会副主席。

古槐之恋

张改过

在崇信，在汭水之南

在五龙山之麓

有一棵富有传奇色彩的大树

这棵树有一个响亮而又自豪的名字

那就是——华夏古槐王

虽然你没有王者之冕

却有王者所没有的巍巍长寿

我们都是你虔诚的膜拜者

我们的目光穿越了洪荒岁月

我们怀着敬仰的心拜谒在你的脚下

没有哪一棵树能比得上你的伟岸

你有历史垫起的不可企及的高度

没有哪一个生命

能经得起如此漫长的考验

你在崇信大地上

一站就是三千多年

没有哪一种感情

能比得上我们对你的热恋

沿着人类生活的足迹

我们把你追寻了三千年

站在你的身旁

拨开历史缥缈的浮华

我们看到了崇信从古到今绚烂的画卷

当于家湾

葬下第一座西周古墓的时候

你就在孙家峡里扎下了永不老去的深根

当秦始皇游猎驻跸赤城的时候

你的枝干就伸向了广袤的苍穹

当唐王李世民率兵征西的时候

你的枝柯已长得青翠繁茂

当崇信人民共建美好家园的时候

你用浓浓的绿荫护佑了一方养生的土地

古老神奇的崇信大地上

留得住连绵不绝的青山

也留得住生命铿锵豪迈的誓言

崇信的地域文化

和中华民族的文化一脉相承

历史的风云遮挡不住

我们祖先前赴后继、开疆拓土的身影

在崇信大地上

与华夏古槐王一起昭然瞩目的

有公刘劝农教稼的辛苦奔波

有李元谅驰骋疆场的威武气概

有保至善英勇就义的英雄壮举

古老而又年轻的崇信大地

积淀了尊崇信任的崇信精神

三千年的历史长河里

流淌着璀璨夺目的中华文化

我们相信华夏古槐会永远长青

我们相信崇信的文化事业

在传承和创新的道路上

会大放异彩

我们相信崇信的经济

在新时代中国特色社会主义思想的指引下

将蓬勃发展，蒸蒸日上

三千年的漫长等待

三千年的忠诚守望

我们恋着华夏古槐的苍苍雄风

我们恋着崇信这块风景秀丽的土地

请借一枝蘸满深情的巨笔吧

我们愿把炽热的古槐之恋

写进崇信的悠悠蓝天

写进崇信的青山绿水

写在只争朝夕、一往无前的征程上

古槐遗风

王建宏

古槐下

我是一株不知名的小草

狂风暴雨中

你如云华盖为我遮挡肆虐

艳阳晴空里

你虬枝横空把阳光筛洒

星稀月沉时

我辗转难眠你簌簌地给予抚慰

大槐树

历经风霜的洗礼

从岁月的深处走来

佝偻独行

天上人间有你穿针引线

天条玉律在你的慈眉善目间湮没

红线的那头

有情人终成眷属

有槐树的地方

是出处亦是故乡

是生命的源泉也是精神的升华

孕育昂扬向上的勃勃生机

一路向西

披星戴月

开荒拓土

把倔强代代相传

我喜欢你

没有伟岸的身躯

开不出艳丽的花朵

也不会发出哗哗的声响

但

你的忠厚直率感染我

你的坚韧奉献召唤我

你的不亢不卑激励我

王建宏，崇信县畜牧中心职工，文学爱好者。

木有鬼

李萌

山有木兮生北国,钟灵秀兮从龙阿。
不周倾兮天柱绝,破天雨兮肆洪波。
有龙龟兮八千岁,衔念珠兮渡江河,
出昆仑山兮下豳京,悯众生兮损梵行。
祭身为炉兮魂为鼎,珠生木兮寿且兴。

山有木兮木有鬼,叶蓁蓁兮若翠羽,
瓣如晨钟兮子若珠,萼娉婷兮涴尺素。
怀乾坤兮清气久,隐三千年兮处幽谷。
鸟雀伴兮鹿为友,采紫气兮沐金乌。
寂寂兮人缈缈,飒飒兮风雨劳劳。
吞日精兮披月华,星河灿灿兮流光若白马。

山有木兮木有鬼,仪睥睨兮势崔嵬。
姬刘幸兮驾鸾车,路险难兮萦九折。
止芮鞫兮民所依,教稼穑兮启戎狄。
星日马殒兮徐公殇,魂兮归兮何所望。

犀角吹寒兮作胡语，云飞扬兮汉家旗。

槐花黄兮举子忙，列三公兮期帝乡。

忽大风起兮昼如晦，刀兵加兮火雷殛。

毕方啼兮蝉哀鸣，木鬼泣下兮殷如雨。

留灵修兮与世传，芳菲菲兮于山间。

《木有鬼》大意：

山中有树，生于北方，钟灵毓秀，长在连绵起伏龙形的高岗上。当年共工撞到不周山，西北方天柱断绝，天维开裂，大雨倾盆而下，人间洪水肆虐。有只八千岁的龙龟，衔着一串念珠度过江河，从昆仑山而出。途经幽京之地，它担忧人间疾苦，动凡心而损了修行。于是将自己肉身灵魂化为炉鼎，念珠长成了一棵树，长寿而且茂盛。

山中有树，树中有灵，它的叶子繁盛像绿色的羽毛，它的花瓣像晨钟果实像念珠，它的花蕊姿态娉婷可以染白色的绢和素。它心有乾坤而清香弥久，它在幽谷中遗世独立三千多年。它与鸟雀为伴，与鹿为友，它早晨采集东方日出而来的紫气，傍晚则沐浴在西沉的斜阳中。这里寂静没有人烟，只有飒飒寥落的风雨声。大树吸取日月精华，时光若白驹过隙。

山中有树，树中有灵，它姿态睥睨众生，长势高大崔嵬。当年姬刘（公刘）驾着鸾凤马车幸临此处，进山的路途艰难险阻回环曲折。他在芮鞫之泮停下脚步，百姓都来依附于他，他传授耕种收获之道教化北方蛮夷。星日马星宿陨落，徐懋公在此受伤最终逝世，他的魂魄啊，快归去吧！他还有什么愿望？当战争的号角吹响，吐蕃入侵此地，汉唐的旗帜飘扬如云。当槐花黄时 要科考的举子们便忙着对槐树祈祷，希望能位列三公，朝见天子。忽一日，风云突变，白昼漆黑，如同没有月亮的夜晚，木鬼受刀砍锯切，雷击火烧。毕方鸟和栖息的蝉哀啼不止，木鬼泣泪而下，殷红如雨。只留下种种神灵与后人传唱，而它依旧在山间芳香馥郁。

　　李萌，甘肃崇信人，毕业于西北师范大学，获汉语言文学、应用心理学双学士学位，现为崇信一中教师。

音舞情景剧

古槐之恋

闫小杰

第一幕：缘聚

千年古槐，站在大山深处

在时光的亘古中

站成了一种痴情

一种守望

一种地老天荒的等待

冰轮初露　槐花盛开

古槐祈福——

香烟袅袅　禅音渺渺

芸芸众生　转山转水而来

只为在千年的古槐树下

许下前世今生

一个灿烂的愿景

熙熙攘攘　人来人往

你来了 我来了 他来了

贵族家的丫鬟陪着槐花小姐也来了

苍山似海 山情水韵

人间烟火 在如盖的槐树下

把槐花姑娘那颗春心

撩拨出高山流水的心境

阵阵雷声 大雨倾盆

槐花姑娘与丫鬟

失散在人流之中

电闪雷鸣

让槐花姑娘与大山里的穷书生汭石

在天地布设的姻缘中相逢

一见倾情 有雷声做证

有千年的古槐做证

相视无言 内心爱慕如泉喷涌

一阵风雨雷电伴随恋情如潮涌动

无奈父亲寻找失踪爱女

带回女儿

让槐花与汭石难舍难分

前世姻缘 空留频频回首中……

第二幕：提亲

山高水长 庭院深深

槐花姑娘 思念成疾

相思无涯 槐花姑娘思念汭石

昼不思茶饭 夜难以入眠

只可惜父命难违 难遂心愿

难遂心愿呀！

千里姻缘一线牵

王媒婆不辞辛苦

翻山涉水

她最看好

汭石和槐花这对姻缘

受汭石父亲之托

王媒婆心甘情愿

做山中月老

做汭石和槐花前世修来的红娘

"天上无云不下雨，地上无媒难成亲"

王媒婆苦口婆心

她坚定地认为：

槐花与汭石

就是那张生与莺莺

我王媒婆不为"谢媒礼"

没有钱财心

我只看好槐花与汭石

这对有缘人

我只想成全这大山深处

一段最美的人间情

王媒婆认准：

这对人儿

一定是那天上的比翼鸟

一定是这大山深处

三千年古槐的连理枝

汭石就是那千年汭河

滚滚大浪淘尽的光芒巨石

槐花就是那千年古槐

用时光的无涯

和人间最美的真情

结下的绚丽之花

我只愿：

这大山深处

他们双栖双飞

成为山中最灿烂的风景

成为人间最美的爱情

成为古槐之下

一出最美的人间佳话

爱女 疼女的父亲

以汭石考取功名之时

将使他们缘结古槐之日的条件

许诺爱女嫁给汭石

第三幕：相思

"夜来幽梦忽还乡。小轩窗，正梳妆。

"相顾无言，唯有泪千行。

"料得年年肠断处，明月夜，短松冈。"

相思三载
年年春风
"春如旧，人空瘦，泪痕红浥鲛绡透。
"桃花落，闲池阁，山盟虽在，锦书难托！"
古槐做证 千日等待
大山俯瞰 古木仰天
只盼望
有情人终成眷属的那一天

花开花落 春去秋来
等待 等待 等待
只为汭石归来
只盼汭石衣锦还乡
成全心中不变的梦想

山盟海誓藏在心
山情水韵心中景
相思漫漫

寒来暑往

古槐树下寄相思

相思团聚知何日？

流年似水　山花若梦

古槐悠悠　曲水寄情

白云过处　雁托衷情

天涯路漫漫

梦中燕归来

等待　等待　等待……

第四幕：赶考

寒窗苦读的汭石

叩拜古槐树神

仰天盟誓　许下了：

不取功名　无颜与槐花姑娘相见的誓言

三千日夜

闻鸡起舞　头悬梁锥刺股

寒来暑往

只愿功成名就·

迎娶心爱的槐花姑娘

一年赶考　落第而回

两年赶考　落寞空归

"晓风干，泪痕残，欲笺心事，独语斜阑"

不问苍山 不怨天地

一心苦读圣贤之书

花开花落

燕去鹊回

心中的槐花永不凋零

心中的梦想与情缘

将如古槐永远扎根

苦读 苦读 苦读

只为了心中的槐花

第五幕：拜堂

三年苦读日

一朝花更艳

三年光阴 月缺月残

又是七夕 秋意浓浓

"身无彩凤双飞翼，心有灵犀一点通"

古槐树下

槐花娉婷而立

沩石京城归来 功成名就

荣归故里

高山仰止 古木参天

人间姻缘

终究迎来

拜堂成婚这一天

百鸟朝凤 万鹊云集

山欢水笑 花开并蒂

古槐树下

唢呐声声

娶亲的轿子

迎亲的队伍

从大山的那边奔涌而来

大山沸腾了 人间沸腾了

高山流水 青山祝福

秋风歌唱 万木欢笑

曲水流觞 古槐苍翠

天地缘结

最是人间美景

布设万种风情

拜天地 拜爹娘 拜古槐

天地做证 古槐做证

良辰美景 佳期如梦

七夕佳节 缘结同心

古槐苍苍 大山巍巍

百年修得同船渡，千年修得共枕眠

古槐枝上栖双凤，菡萏花间立并鸳

相亲相爱幸福永，同德同心恩爱长

槐花 汭石——

爱情地久天长

放眼山水皆芬芳

古槐树下拜华堂

一朝美梦终成真

汭石 槐花

这对有情人终成眷属

第六幕：尾声

"山无棱，江水为竭，冬雷震震，

"夏雨雪，天地合，乃敢与君绝！"

三千相思 一朝团聚

有古槐做证

有大山为媒

蝉吟 鹊舞 泉水谱曲 山风赋诗

尘世间

一段美好而坎坷的姻缘

在古槐树下

成为一段美轮美奂的传奇

一出古槐之恋

见证了有情人终成眷属的誓言

汭河不枯 汭石不烂

古槐不老 槐花永开

汭石千年不变

槐花千年灿烂

"柔情似水,佳期如梦……"

"金风玉露一相逢,便胜却人间无数……"

槐花 汭石——汭石 槐花

在古槐的佑护下

海枯石烂 白头偕老

人间安详 岁月静好

古槐参天 汭石立地

"根紧握在地下,叶相触在云中,

"仿佛永远分离,却又终身相依"

这就是充满人间传奇的古槐之恋

后 记

  自2019年初崇信县被列为全省第一批新时代文明实践中心建设试点县以来，县委、县政府高度重视，紧紧围绕"举旗帜、聚民心、育新人、兴文化、展形象"这一中心，调动各方力量，整合各种资源，创造性地提出并实施了"4566"工作办法，推动全县新时代文明实践工作取得了阶段性成效。

  新时代文明实践中心，是以习近平新时代中国特色社会主义思想为指导，凝聚群众、引导群众，以文化人、成风化俗的一个重要载体，也是最大限度地凝聚团结奋斗正能量，构筑精神世界新家园的有效手段。党的十八大提出培育和践行社会主义核心价值观，习近平总书记强调要"深入挖掘和阐发中华优秀传统文化讲仁爱、重民本、守诚信、崇正义、尚和合、求大同的时代价值"。党的十九大进一步提出，要"推进诚信建设和志愿服务制度化，强化社会责任意识、规则意识、奉献意识，使中华优秀传统文化成为涵养社会主义核心价值观的重要源泉"。为了让这些精神在崇信大地落地生根，县委、县政府把新时代文明实践工作和诚信文化建设列入全县重要议事日程，尤其是全县第十五次党代会以来，全县上下应和着新时代的鼓点，致力于诚信之城的建设发展，大力弘扬尊崇信仰、信念、自信、信心、诚信、信任的崇信精神，深入推进政务诚信、商务诚信、社会诚信和司法公信建设,努力打造民风淳朴、社风良好、政风务实的诚信文化特色品牌,进一步传承和弘扬"尊崇诚信"的文明之光。

在崇信开展诚信文化建设,具有得天独厚的历史文化优势。检视我们的地域资源,梳理文化脉络,当属公刘农耕、唐代军旅、古树名木、红色革命特色最为鲜明,也最为厚重。多年来,这些弥足珍贵的地域文化,在推动全县经济社会繁荣发展的进程中发挥了不可或缺的精神力量。分析这几种独具魅力的文化形态,不难发现,它们都有一个共同的特点:诚信。比如公刘农耕文化中所倡导的人与自然、人与社会诚信相处的朴素观念;李元谅"推崇诚信,保境为信"的文化属性;古槐蕴含的"知时守信"的美好寓意;革命烈士"舍生取义、杀身成仁"的精神向度,都是诚信精神的集中体现,是这四种文化的思想基础和价值共识。可以说,崇信的不同文化形态重叠融合,无不闪烁着诚信的光芒,共同孕育着"尊崇诚信"的人文精神,这种精神已厚植于崇信的沃土之上,成为开展新时代文明实践不可或缺的文化宝库。

如何进一步总结成绩,深化效果,持续发力,把已经形成的文化成果汇集起来,传播出去,深入人心,使新时代文明实践中心建设成为全县广大干部群众学习宣传习近平新时代中国特色社会主义思想的加油站,始终是我们工作实践中思考的重点和努力的方向。基于这一考虑,我们决定编纂这部"崇信尊崇诚信文化系列"。该系列分为《尊崇诚信》《红色沃土》《古槐之韵》三册,以历史所承载的诚信和人文情怀,诠释解读诚信的时代意蕴,让"尊崇诚信"的崇信精神放射出更加灿烂的光芒。

我相信,这部系列书对于展示崇信、宣传崇信必将产生积极的作用,也将擦亮"尊崇诚信"的金字招牌,成为引领崇信经济社会发展的精神动力。希望更多的人投身到新时代文明实践活动中来,以更加饱满的热情,积极工作、勇于实践、乐于奉献,谱写崇信更加美好的明天。

本书成稿之时,获悉崇信县新时代文明实践中心又被列入国家级第二批试点县，这是对我们工作的肯定和鞭策，也是本书面世的必要和理由。在编写过程中，社会各界对我们的工作给予了大力支持，尤其是甘肃省作家协会主席马步升在百忙之中拨冗作序，平凉市文联主席李世恩先后三次对书稿的修订完善给予指导，在此表示衷心的感谢。同时，对每一位入编作者的辛勤劳动，深表谢忱。

但由于时间紧张，加之编者水平有限，难免会出现疏漏和差错，还望读者批评指正。

最后，祝愿伟大的祖国繁荣昌盛，祝愿诚信的崇信人民幸福安康！

张荣
2019年12月